L'auberge de Noël

Betty Nicoud

L'auberge de Noël

© 2023, Betty Nicoud
Édition : BoD – Books on Demand, info@bod.fr
Impression : BoD – Books on Demand, In de Tarpen 42, Norderstedt (Allemagne)

Impression à la demande
ISBN : 978-2-3224-7272-7
Dépôt légal : juin 2023

*À V. Lafond, qui a cru en moi dès le collège
et à qui j'avais fait une promesse...*

*Bienvenue cher lecteur et chère lectrice,
Vous vous apprêtez à entrer dans*
un roman de l'avent,
conçu pour se savourer jour après jour
du 1er au 25 décembre.
*À chaque fin de chapitre, il vous sera conseillé
d'attendre le lendemain pour lire la suite...*

*Cependant, je ne serais pas derrière votre
épaule pour vous réprimander.
Jouez le jeu... ou non, suivez vos envies.*

*Que votre lecture soit agréable
et que la magie de Noël réchauffe votre cœur !*

Betty

Le regard rivé sur son ordinateur, Oscar ne trouva pas nécessaire de lever la tête vers le coursier. Il déposerait le paquet, comme toujours. Il signerait, comme toujours. Merci. Au revoir.

Mais la personne, droite comme un piquet derrière son bureau, semblait avoir la ferme intention d'attendre qu'il soit disposé à faire attention à lui. Oscar pinça ses lèvres, son article ne s'écrirait pas tout seul.

– Oui ?
– Excusez-moi, vous êtes bien monsieur Wiltur ?
– Oui.
– J'ai une lettre pour vous.
– Soit.
– C'est votre notaire. Au sujet de votre oncle.
– Bien. Ce sera tout ?
– Vous n'avez pas de question ? demanda le coursier surpris.
– J'ai du travail. Bonne journée... Ah et merci.

Oscar posa la lettre encore cachetée sur son bureau et se replongea sur son article. Impassible. Il lisait une énième chronique sur la famille à Noël et se félicitait d'être dans la rubrique cinéma. À la une des cinémas cette semaine « L'héritière de Noël », qu'il hésitait à aller voir tant le résumé racontait déjà tout. Mais il était professionnel et passionné. Un mauvais film restait un film et donc un sujet d'écriture. Il se nota dans son carnet mentionné ou non la présence de la chanson de Mariah Carey. Se demandant si un bon film de Noël avait forcément besoin cet « All I want for Christmas is you ».

Seconde note, quels sont les ingrédients d'un film de Noël ? Qu'apporte réellement une romance sous le sapin ? Pourquoi

Noël est autant... autant Noël ? Oscar n'avait pas d'avis, passant généralement Noël seul et au journal, il se contentait d'écrire ses articles et voir de vieux films en noir et blanc. Une habitude depuis sa vingtième année. Il soupira, penser à cela ne l'aiderait pas.

Carnet en poche, il sortit du journal et croisa Robert, de la rubrique « Parlez-en » qui faisait autant d'audience que sa chronique « Cin'émoi ». Il attendit une pique qui ne vint pas et se dit que la journée ne serait peut-être pas si terrible. Direction le cinéma, direction « L'héritière de Noël ».

Assis dans la salle tamisée, les gens entraient, une foule plus diverse que ce qu'il imaginait. Comme quoi, on peut toujours être surpris. Une romance a une cible d'office, même si c'est cliché, même si certains trouvent ça sexiste. Les femmes sont attendues. Pourtant, Oscar ne voyait pas que des couples ou des bandes de copines. Il y avait des anciens, des jeunes, des familles. Il y avait des rires et des tapes sur l'épaule. Finalement, l'assemblée devant le film ressemblait plus à une fête de famille, avec le tonton grincheux, la tante célibataire, la cousine aux cinq enfants, le grand-père sourd et souriant. De tout. De tout bord.

– Soit, surprenez-moi, marmonna Oscar en sortant son bloc-notes.

De retour au journal, le carnet plein de réflexions pour son prochain article Oscar se vit apostropher par Anna qui l'invita à venir dans son bureau. Raide et pincé, il s'installa en face de la rédactrice en chef.

– La chronique Cin'émoi marche bien en fin d'année. Tu as quelque chose ?

– Je sors du cinéma.

– Bien. J'ai une annonce à te faire, qui sera bientôt officielle.

Oscar leva un sourcil, marquant ainsi toute sa curiosité.

– Je quitte le journal, mon poste est à prendre.

– C'est une offre ?

– La direction hésite entre toi et Robert. La parution du 25 décembre changera la donne.

– Les films de Noël fonctionnent...

– Mais de là à te démarquer ?

– Exact.

– J'ai ce qu'il te faut. Je t'en dis plus bientôt. Notre rendez-vous est fini.

– Même durée qu'avec Bob ?

Anna hocha la tête avec un sourire carnassier. Cette femme terrorisait Oscar. Aussi surprenant que cela puisse paraître elle semblait l'apprécier, lui qui ne faisait pourtant rien pour. Il regagna son bureau, apercevant ainsi la lettre déposée par le coursier. Décidant qu'il en avait assez fait, il rentra chez lui.

Dans son grand appartement refait à neuf, aucune chaleur ne se dégageait. Rien ne donnait la sensation que l'on était chez quelqu'un. La neutralité, un spécimen à mettre en vente. Aucune attache, il n'avait pas le temps pour cela, il passait trop de temps dans les cinémas et à la rédaction.

Il s'oubliait, sans que personne ne puisse lui rappeler l'enfant qu'il avait été. Il se servit un verre d'une de ces énièmes bouteilles de vin qu'il récupérait aux pots des collègues. Il en restait toujours, à quoi bon les laisser traîner.

Assis dans un fauteuil dont il ignorait la provenance, il prit la lettre et la fixa intensément avant de l'ouvrir. Une boule lui nouait l'estomac et rendait sa déglutition difficile. Il se sentait happé par un sentiment qu'il avait laissé derrière lui depuis douze ans. Le cœur serré, il décacheta et attrapa les deux lettres. Une du notaire et une de son oncle.

« Monsieur Wiltur, j'ai le regret de vous annoncer le décès de votre oncle Noël Wiltur. Sa sépulture est déjà passée, il souhaitait que personne ne le pleure et que chacun se rappelle de lui vivant. Il vous lègue son auberge à Suzammen... »

Le reste n'était que formalité. Son auberge ? L'auberge de Noël à Suzammen. Vraiment ? Son oncle avait toujours été drôle d'oiseau. Oscar prit une gorgée de vin avant de s'attaquer à la lettre de son oncle. Un morceau de lui s'émiettait. Inspirant un bon coup, il déplia le papier et observa sans lire l'écriture de son oncle.

Mon garçon,

J'ai toujours vu en toi un fils. Tout ce que j'ai construit, mon auberge, te revient. Les quelques mois passés ensemble m'ont offert idées et inspirations. Ta plume m'a inspiré chaque jour et ton carnet t'attend dans mon bureau. Ne pense pas immédiatement à la vente. Fais-moi plaisir avant, retourne séjourner à l'auberge. Judy est au courant de ton arrivée prochaine. Passe Noël chez moi, passons-le un peu ensemble.

Noël.

Soupirant, Oscar posa la lettre. Un Noël à Suzammen, franchement ? Ça n'était vraiment pas le moment, pensa-t-il.

— Jamais. Je ne ferais pas ça.

Oscar se tenait droit devant Anna, bras croisés, mâchoire crispée.

— Oscar si tu veux te démarquer, il faut que tu me sortes quelque chose d'original ou de traditionnel. Comme les traditions c'est pas trop ton truc.

— Je ne vais pas faire une chronique sur l'image du père Noël dans la pornographie. Des enfants lisent notre journal, notamment ma chronique.

— Alors, débrouille-toi autrement si tu veux la promotion.

— Sortir du cinéma ?

— Ta chronique c'est bien cin'émoi. Émeus-nous.

Sur une moue agacée, Oscar sortit du bureau d'Anna, laissant voir sa frustration à l'équipe de Robert. Il alla s'installer à son poste quand Maggie vint lui proposer d'aller boire un café.

Coiffure et maquillage impeccables, Maggie avait tout de la citadine. Paris lui sied à merveille. Son regard océan dévorait Oscar et son sourire l'invitait autant à se méfier qu'à se détendre. Elle avait cela de la croqueuse d'hommes. Celle se sachant belle, en jouant. Pourtant Oscar savait une chose sur Maggie, une chose qui la rendait digne de confiance. Elle rêvait d'une bague au doigt plus que d'un coup d'un soir, s'étant fait jeter la veille de son non-mariage justement. Oscar ne savait pas exactement ce qui se passait entre eux et cela lui convenait. Il ne cherchait rien. Les attaches ne servant qu'à souffrir, il avait fait ce choix douze années avant, lorsque ses parents étaient morts dans un accident d'avion.

— Tu fais ta tête de mufle Don Juan.

– Arrête de m'appeler comme ça.
– Tu ne t'en rends pas compte hein ?
– De quoi ?
– Que tu plais aux nénettes.
Oscar pouffa.
– Rien que ça.
– Au moins, t'arrêtes le mufle. Il s'est passé quoi avec Anna ?
– Elle s'en va.
– Ouais, on est tous au courant. Ah t'es en lice pour reprendre le poste, c'est ça ?
Oscar fronça les sourcils, renfrogné.
– Mais non t'es en compétition avec l'autre blaireau ?
– Tu as visé juste.
– Oh le bordel. Evidemment Anna veut que ce soit toi. Sinon la rédac va devenir une cour de récréation de trou du…
– On a saisi l'idée Maggie.
– Mais le vrai souci c'est quoi ? Que Bob soit un con, on le sait tous. T'as toujours plus ou moins été en compète avec.
– Elle veut que j'écrive un article.
– Ce que tu fais déjà.
– Sur l'image du Père Noël dans les films pornos.
– Oh seigneur. Elle n'est pas sérieuse ? Tes lecteurs vont nous lâcher si tu fais ça.

Oscar détourna le regard, écœuré. Il se mit à fredonner sans s'en apercevoir.
– Tu chantes Noël, toi ?
– Pardon ?
– Oscar, t'es en train de chantonner Vive le vent.
Maggie le regardait, incrédule. Elle était décidément très belle.
– C'était le chant préféré de mon oncle.
– Celui du village des paumés fanatiques de Noël ?
– Celui-là. Il est mort.
– Merde, je suis désolée.
– J'ai hérité de son auberge.

Oscar se mordit la lèvre, il ne voulait pas en parler, sûrement pas avec une collègue. Mais il n'avait ni ami ni famille à qui l'annoncer. Maggie était la mieux placée.
– Bah c'est parfait ça !
– Quoi ?!

– Va te plonger dans la vie des pignoufs et écris un article comme jamais sur les traditions de Noël. Celui de nos ancêtres et tout ça. Émeus-nous ton lectorat. Ça calmera l'autre blaireau et ça te fera forcément remarquer. Bouge ton cul, on te prend des billets.

Oscar se laissa porter par la fougue de Maggie qui lui faisait promettre un rapport quotidien de son voyage. Elle assurait de faire la fouine pour lui au journal et lui fit promettre d'écrire de quoi le faire devenir son patron. Il n'essaya pas de se battre contre le vent qui le poussait vers Suzammen. Se disant qu'il respecterait ainsi la volonté de Noël avant de vendre l'auberge.

Sa ride au front disparue, Oscar retourna au journal. Robert l'attendait, à moitié assis sur son bureau. S'abstenant de tout commentaire, il l'ignora et se mit au travail, l'article sur l'héritière de Noël se devait d'être écrit. Il retint un rire jaune en se rappelant que le début du film commençait exactement comme sa semaine.

– Alors, le poète, on s'attendrit sur Noël. Tu sais que contre moi tu n'as aucune chance ?

Oscar prit le temps pour se lever et toiser son collègue. Tout l'open space les regardait. Il avait horreur de ça.

– Tu as peur.
– Répète un peu.
– Tu as peur. Tu ne serais pas là, à t'asseoir sur mon bureau et à tenter de m'humilier si tu n'avais pas peur. Maintenant dégage, j'ai du travail.

Oscar se rassit sans même laisser une chance à Robert d'ajouter quoi que ce fût. Ce dernier, rouge de colère se baissa à son niveau et lui susurra.

– Je me tape Maggie depuis une semaine.

Impossible, Oscar fixait son ordinateur et tapait sur son clavier. Il savait que c'était du flan. Il savait que ça n'aurait pas dû l'atteindre. Il frissonna en dedans. Aucune attache.

C'est pour ça qu'elle voulait que je parte ?

Sous la verrière de la gare, Oscar cherchait un panneau sur lequel son nom serait écrit. Il n'y avait rien. Personne n'était venu le chercher. Il se dirigea vers la zone des taxis et attendit. De mémoire, l'oncle Noël faisait ce trajet-là en bus. « Économie et convivialité » qu'il disait. Oscar préférait de loin prendre un taxi.
– Vous allez où ?
– Suzammen.
– On va profiter de la magie de Noël.
– Disons ça.

Il arriva devant L'Auberge de Noël le dix décembre. Deux semaines avant ladite fête. Il s'arma de courage et posa ses souvenirs, ses restes de tendresse et ses émotions dans un coin de sa tête. Il était stoïque devant la porte quand elle s'ouvrit à la volée, une touffe rousse le bousculant.
– Mais qu'est-ce que vous foutez devant ma porte ?
– Votre porte ?
– Oui, l'auberge de Noël, c'est moi la gérante.
– Je suis Oscar Wiltur.
Sceptique, la jeune femme le détailla des pieds à la tête et finit par annoncer.
– Vous ne lui ressemblez pas.
– Pourrais-je…
– Il y a une chambre oui. Je reviens dans deux heures. J'espère que vous ne serez plus devant la porte.

Oscar n'eut le temps de ne poser aucune question, la jeune femme partit en trombe avec ses paquets et ses rubans. Il s'étonna que rien ne soit tombé. Il entra puis se dirigea dans sa pièce favorite. La cuisine. Une dame d'un certain âge s'y affairait avec énergie.
– Oh génial, du renfort !
– Euh non, je…
– Merci d'être venu, c'est la course. Voici ton tablier.
Oscar regretta d'avoir posé ses affaires dans le salon. Son téléphone sonna.
– Excusez-moi, je reviens.
Il entendit pester «ha ces téléphones ! Quelle plaie. Et mes sablés qui ne seront jamais prêts à temps.»
– Maggie c'est toi ? Ça capte très mal ici.
– Je voulais savoir si t'étais bien arrivé beau gosse.
– Cesse ça de suite.
– Un jour peut-être. Alors c'est comment ?
– C'est… Noël.
– Parfait, souviens-toi, tradition tradition tradition. Tu commences par quoi ?
– Faire des sablés ?
– Parfait. Salut Don Juan.
Oscar raccrocha sans répondre et se hâta dans la cuisine. Il enfila le tablier et s'approcha du plan de travail.
– Les mains, jeune homme, il faut des mains propres…
– Pour des sablés propres ?
La cuisinière se mit à rire. Elle s'embourba dans des phrases sans cesse entrecoupées de rires. Oscar reconnut des proverbes inventés par son oncle. Il tenta de calmer la dame en demandant ce qu'il pouvait faire.

Deux heures plus tard, la voix de Judy résonna dans l'Auberge.
– Tatie Octi, t'as pas vu un grinch qui prétend être Oscar ?
– Judy, mon p'tit, il est dans la cuisine.
La petite tête rousse de la gérante apparut, mi-gênée mi-agacée.
– Que faites-vous ici ?
– Il m'aide. Quelqu'un m'a laissé tomber, il y a trois heures.
Judy la fusilla du regard et piqua un sablé.
– Vous voulez récupérer votre chambre ?
– Quand j'en aurai fini ici.

Judy ressortit, Oscar se remit à décorer des sablés et Octavia tempéra.

— On n'attendait pas votre visite si tôt, elle est chamboulée. Elle pensait que vous ne viendriez pas.

— Je vois.

— Ne lui en voulez pas trop. L'auberge, c'est toute sa vie. Donnez-lui une chance.

Oscar se mura dans un silence et laissa son lui-intérieur faire le trait d'humour qu'il ne fit pas.

— Alors gamin, on ne parle plus ?

— Excusez-moi, j'ai perdu l'habitude.

— Tu n'as pas besoin de t'excuser, la cuisine te sera toujours ouverte, Noël m'a beaucoup parlé de toi.

— Vraiment ?

— Tu n'as jamais reçu ses lettres ?

— Si, à chaque Noël.

— Il n'en écrivait qu'à toi.

Oscar haussa les épaules, il retenait tout.

— Il t'adorait, la distance et le temps n'ont jamais effacé les bons souvenirs. Je sais ce que l'auberge te doit.

— Vous parlez comme dans ces téléfilms de Noël…

— Je prends ça comme un compliment. Maintenant, file chercher ta chambre. Je vais finir.

Oscar s'installa dans sa chambre, il poussa quelques décorations pour mettre son ordinateur et ses affaires de travail sur le bureau. Il défit sa valise et accrocha ses vêtements dans la penderie. Il soupira en voyant ces différentes chemises et costumes. Il sourit en trouvant ses deux jeans et ses pulls de Noël. Chaque année, avec ses lettres, son oncle lui envoyait un de ses pulls. Son réveillon ressemblait donc à un homme seul, portant un toast à un oncle désormais décédé, en pull moche. En observant ce triste tableau de lui-même, Oscar se demanda où était partie toute sa créativité et toute sa vie.

Il trouva une place spéciale pour ce carnet qu'il avait toujours traîné partout. Cela faisait des années qu'il ne l'avait pas ouvert. Qui sait ? L'inspiration viendrait peut-être ? Trônant sur une table de chevet en bois brute, entouré de livres et de pots à stylo verts et rouges, il faisait parti du décor comme s'il avait toujours été là.

Oscar passa par la cuisine voir si Octavia avait encore besoin d'un coup de main, cherchant désespérément à s'occuper. La fuite de l'Auberge le tentait fortement.

— Ah, tu tombes bien gamin. J'ai besoin d'une paire de bons bras pour déposer ça au stand de biscuit.

— Où se trouve-t-il ?

— Vers la librairie.

— Elle existe toujours ?

— Évidemment !

Sur ces paroles, Octavia lui fourra deux énormes caisses dans les bras et l'envoya balader.

En foulant le pavé de Suzammen, Oscar observa la ville sous ses plus belles décorations. Il n'avait jamais vu l'esprit de Noël autant habiter un lieu que celui-là. Son enfance s'immisçant dans toutes ses microfailles, il serra les dents plus fort. Suzammen avait quelque chose de tellement magique. Dans la rue, les yeux des passants brillaient, tant chez les enfants qui couraient et sautaient, que chez les adultes. Il y avait juste assez de décoration pour que partout où le regard se pose il soit émerveillé, mais pas écœuré. L'équilibre de lumière et de couleur possédait un reflet de perfection.

Oscar se fit happer par la foule et tomba rapidement sur la librairie. Il bloqua un temps devant. Le livre mis en avant dans la vitrine le surprit. Noël à la maison, de Noël Wiltur. Il ne bougea pas jusqu'à ce que son téléphone sonne.

Il sursauta et posa ses caisses par terre. Numéro inconnu.

— Alors gamin, ils t'attendent sur le stand.

– J'y suis.

Il raccrocha. Octavia avait déjà trouvé le moyen de débusquer son numéro. Il l'enregistra par principe et chercha du regard le stand. Il reprit ses biscuits et les apporta sous la banderole «Venez croquer Noël». Il sourit intérieurement. Toute la journée lui faisait penser à ce film dont il faisait la chronique.

– Enfin !

Oscar reconnut la voix. Judy. Il fit un sourire pincé et fila en vitesse. Il ne prit pas la peine de prétexter quoi que ce soit. Sa mission étant de livrer les caisses, il s'en alla, évitant soigneusement la librairie. Il sortit son carnet en observant le marché.

Il déambula pour s'imprégner de cette ambiance si particulière des marchés de Noël. Les chants de choral dans les haut-parleurs dissimulés par des branches houx, l'odeur de la cannelle et les craquements des sucres d'orge. Une envie de ralentir la cadence, d'observer avec douceur, de boire un chocolat chaud et d'être en famille, le pris par surprise. Il sentit un frisson à l'intérieur de lui, qu'il eut beaucoup de mal à décrire et définir.

Les chalets présentaient des choses adorables, étranges, colorées, délicieuses. De tout, pour tous les goûts. Cela avait quelque chose d'impressionnant d'une certaine manière. Quand il tomba sur un panneau peint de rouge et de vert qui portait comme question «As-tu l'esprit de Noël ?». En dessous se trouvait une liste de dessins et de cases à cocher. Oscar la prit en photo et l'envoya à Maggie. Sa réponse immédiate le fit presque sourire.

– Tu sais ce qu'il te reste à faire beau gosse. Je veux une preuve pour chaque case cochée.

Il hocha la tête sans répondre.

L'affiche représentait un bonhomme de neige, un chocolat chaud, un sapin, une décoration, un moment de partage, du patin à glace, des biscuits de Noël et autres clichés. Malgré tout, le jeune homme devait bien se l'avouer, faire tout cela le tentait. En souvenir du bon vieux temps, en hommage à cet oncle bienveillant et un peu fou. Il sentit poindre le début d'un sentiment de manque et le verrouilla à double tour. Il n'avait pas le temps pour une débauche de sentiments. Il devait écrire un article émouvant sur Noël, pas s'apitoyer sur son sort.

D'un bon pas, il se dirigea vers le square de l'école. S'il ne se trompait pas, un champ de Bonshommes de Neige y prenait vie chaque année. Il fut surpris de trouver le champ vide et décida de faire tout de même un bonhomme de neige. Rapidement, quelques enfants le rejoignirent.

– Monsieur, pourquoi vous faites un bonhomme de neige ?

– Quand j'avais ton âge, ce champ était habité par tout un tas de bonshommes et bonnes femmes toutes rondes et toutes blanches. Je trouvais ça vide sans.

– Alors vous en avez fait un pour qu'on en fasse aussi !

– Trop bonne idée, faut que j'en parle à ma cousine.

Et ainsi Oscar se retrouva au milieu d'une foule d'enfants et de parents faisant chacun leur bonhomme. Il y avait par ici des familles, des tout seuls, des contents et des ronchons. Certains avec des écharpes et d'autres avec des chapeaux. Oscar chercha dans ses poches de quoi signer son propre bonhomme et ne trouva qu'un stylo du journal. Il haussa les épaules et le mit sur ce qui aurait dû être une oreille.

Alors qu'il repartait vers l'auberge, plusieurs parents vinrent le voir.

– Merci, on pensait que sans Noël, la tradition se perdrait. Il les faisait la nuit et, au matin, on les trouvait tous racontant des histoires folles.

– Maintenant, c'est vous qui les ferez.

– Merci. Vraiment.

Oscar hocha la tête, gêné, il avait complètement oublié que son oncle avait fait des siennes dans cette ancienne tradition d'école. Il se dit qu'il avait du Wiltur, au moins la magie des bonshommes de neige.

À six heures cinquante-huit, Oscar descendit pour le petit déjeuner dans la salle principale. Le premier de tous les occupants à fouler le tapis ce matin-là. Sur l'immense table en noyer, des plats aux couleurs de Noël côtoyaient les assiettes et autres serviettes de table. Oscar ne put retenir un hochement de tête approbateur. Il aimait être le premier arrivé afin de constater la beauté de la mise en place avant l'arrivée de la marée humaine. Comme il aimait être le premier à faire ses pas dans la neige fraîche à l'aube. Cela faisait si longtemps que ça n'était pas arrivé.

– Thé ou café monsieur ?
– Vous avez du lait chaud ?

Judy le jaugea, ne sachant pas si cela pouvait être un trait d'humour. Noël lui avait pourtant parlé de l'habitude d'Oscar de boire des chocolats chauds au petit déjeuner comme la seule trace d'enfance visible dans sa vie.

– Vous êtes vraiment Oscar alors.
– Je le crains.
– Je vais faire le chocolat de votre oncle alors.

Judy disparut sans prévenir, un grand sourire aux lèvres. Oscar se demanda tout ce que les gens d'ici pouvaient savoir sur lui. Il se sentait à la fois pris au piège et rassuré. Les gens devaient savoir comment il était, Noël les avait prévenus. Il laissa ses épaules se détendre et s'installa en bout de table, le plus près possible de la fenêtre. Le soleil pointait légèrement, du rose léchait légèrement le ciel. La journée s'annonçait belle.

Assis dans ce qu'Oscar avait toujours considéré comme son

coin écriture, il essayait de trouver les mots pour son article sur l'héritière de Noël. Le sujet le rendait bien plus bavard que ce à quoi il s'attendait. La difficulté de trier, mettre à la bonne place, structurer était ce qui le fascinait dans le journalisme. Une différence avec les auteurs de romans, la longueur du texte. Il ne pouvait s'empêcher de s'imaginer finir cette histoire commencée des années auparavant. Son carnet était resté ici, oncle Noël l'avait mis dans son bureau.

L'écran de son ordinateur changea d'un coup, un appel en visio. Oscar détestait ça. Anna s'affichait au-dessus du bouton pour décrocher. Il pinça ses lèvres en une sorte de rictus qu'il espérait détendu et accepta l'appel.

– Bonjour, Oscar, je viens aux nouvelles. Ça avance ces articles ?
– Bonjour, Anna. Oui.
– Où es-tu ? Ça a l'air charmant !
– L'auberge de Noël, à Suzammen.
– Très bien, tu es parti pour t'inspirer. Du cœur et des traditions, de l'émotion. La rédac demande l'article en avance pour le sortir le 25.
– Quelle date ?
– Le 23, pour fêter Noël en famille. Je compte sur toi, j'ai dit beaucoup de bien de toi. Puis, une fois que tu seras rédacteur en chef… je pourrais t'apprendre quelques ficelles.

Le sourire carnassier d'Anna gela Oscar jusqu'à la moelle. Il savait qu'il devait répondre, l'image de lui qu'il voyait dans la petite case de son écran lui fit penser que son ordinateur avait frisé. Il ne bougea plus, n'exprimant rien.

– Oscar ? Ça capte mal par chez toi. Le 23 ! N'oublie pas et l'autre dans 3 jours.

Quand l'écran revint sur son éditeur de texte, Oscar soupira et grommela.

– Alors, on fait croire qu'il n'y a pas de réseau par ici ?

Rouge écarlate, Oscar se retourna pour voir une Judy aux yeux pétillants de malice. Il détourna le regard. Il se sentait comme un enfant timide que l'on pointe du doigt, car il n'arrivait pas à parler à la boulangère.

– Excusez-moi ! Je disais ça pour rire. Elle avait l'air… vous savez..
– Affamée ?

– Exactement ! Vous avez besoin de quelque chose ?
– Peut-être.
– Mais encore ?
– Pardon, c'est que, hum, je ne sais pas encore quoi.

Judy le regarda, curieuse et souriante. Elle ne semblait pas pouvoir se lasser d'afficher cet air heureux sur son visage.

– Comment faites-vous ?

Elle ouvrit grand les yeux et leva un sourcil pour marquer son manque de compréhension.

– Pour sourire comme ça.
– C'est simple regardez, il suffit d'utiliser les muscles des joues et de mettre des paillettes de joie dans les yeux. Mais ne faites pas l'innocent. Je sais pour les bonshommes de neige.
– Je n'ai rien fait de spécial.
– Si, vous ne le savez même pas. Il n'y en aurait pas eu sinon.
– Ce champ a toujours été habité par des Tout-froids.
– Des Tout-froids ? C'est joliment dit.

Oscar se renfrogna.

– Bon je sais ce dont vous avez besoin. Suivez-moi.

Judy rayonnait et Oscar, eh bien c'était Oscar. Un sourire coincé sur le bord des lèvres, comme si le bonheur pouvait lui abîmer le visage. Ses yeux seulement reflétaient ses émotions, ceux-là ne mentaient pas. Il prenait du plaisir à suivre Judy comme si elle avait la recette de la joie.

– Noël parlait beaucoup de vous, de vos idées et de vos histoires. Et il n'était pas le seul.
Judy lui fit un clin d'œil et se retourna pour crier.
– Oh Marcel ! Regarde qui je t'amène !
Un vieux bonhomme tout maigrichon avec une barbe longue jusqu'à la ceinture se releva de son stand de bougies. Il fronça ses sourcils broussailleux puis au bout d'un moment écarquilla les yeux en souriant comme un enfant.
– Oh le gamin est de retour au pays !
– Bonjour Marcel.
– Alors t'écris toujours sur les films ?
– Oui, toujours, comment…
– Ah Noël nous racontait tout ! Ah ça me fait plaisir de te voir, faut que tu ailles dire bonjour à toute la troupe. Ce soir chez Paulette, à 19 h. Oh comme ils vont être surpris les copains.
– Super, on y sera, répondit Judy en prenant les devants.
– Super, grinça Oscar, oui.
– Oh, et gamin, tu auras bien une histoire à nous raconter ?
Oscar haussa les épaules. Il se sentait pris au piège, un autre genre de piège. Aucun des deux n'était agréable. Judy lui fit signe de la suivre.

La jeune femme se fraya un chemin parmi la foule et Oscar s'aidait de sa grande taille pour ne pas la perdre de vue. Elle semblait tout faire pour qu'il se retrouve seul, pourtant elle se tournait régulièrement pour vérifier qu'il ne s'égarait pas. Son rire enfantin résonnait dans les oreilles d'Oscar qui finit par trouver ce moment amusant. Il la perdit de vue, ça ne l'inquiéta pas. Il se dirigea vers le stand de gaufres et en commanda deux. Une simple au sucre et une chocolat banane chantilly. Il se s'installa en retrait et attendit.

– Des gaufres ?
– Il y en a une pour vous.

Judy s'assit et prit la gaufre au chocolat.

– Pourquoi celle-là ?
– C'est ce qu'a choisi le petit garçon avant moi.

Le rire de Judy éclata si fort qu'il fit trembler jusqu'aux os d'Oscar. Il bougonna quelque chose, mais elle posa sa main sur son bras et le remercia. Précisant que c'était sa deuxième gaufre préférée.

– La première étant ?
– Sirop d'érable.

Il hocha la tête. Approbateur.

Les enfantillages de Judy réveillaient quelque chose en Oscar. Il mit cela sur le compte de Suzammen et du plaisir de se retrouver dans un lieu familier. Un lieu où il avait été heureux.

Judy le força à aller voir tous les anciens, Ombeline à la boulangerie, Hector l'ancien coiffeur et quand elle le pressa vers la librairie il s'arrêta. Feintant d'être épuisé et d'avoir du travail. La jolie rouquine braqua son regard noisette sur lui et il eut la sensation d'être un livre ouvert. Il détesta.

– Bien, on se retrouve à l'Auberge à 18 h 30.
– Pardon ?
– Pour aller chez Paulette… il me tarde d'entendre une histoire…

Le sourire angélique qu'elle lui fit le tétanisa. Il hocha la tête, réprimant toute trace de stress et de joie sur son visage et fila à l'auberge. Il avait ce qu'il lui fallait pour finir l'article sur le film.

Il étalait différents bristols sur la table quand Octavia apparut.

– Quel est ce bazar que tu nous fiches mon garçon ?

– Je réfléchis.
– En en mettant partout ?
Oscar leva la tête, il ne connaissait pas cette voix. Ou alors.
– Raph ?
– Eh bien, mon vieux, tu n'as pas changé ! Toujours aussi grand !
– Mais qu'est-ce que tu fous là ? La dernière fois que je suis venu, tu fuyais Suzammen.
– Suzammen rappelle toujours les siens, tu le sais bien, non ?
– Hum.
– Je suis revenu un été, j'ai rencontré Mia et je ne suis pas reparti. Me voilà l'homme à tout faire de l'Auberge.
– Je suis heureux que tu sois là, annonça Oscar.
Raph lui balança une tape sur l'épaule.
– Je dois retourner bosser, on se revoit plus tard. Oh, range tout ça avant que Mia ne le voit, ça va la rendre dingue.
Oscar écarquilla les yeux et souleva ses sourcils.
– Elle est maniaque et enceinte.
Un soupir compréhensif sortit de la bouche d'Oscar qui tria ses bristols pour les remettre dans une pochette.
– Faire un sapin, faire une soirée pull de Noël, boire un chocolat chaud, chant de Noël, bonhomme de neige… On dirait les traditions de ton oncle.
– Pourtant ce sont celles de l'affiche du marché.
Octavia sonda Oscar avec intérêt, elle révéla ses dents imparfaites dans un sourire magnifique. Elle prit quelques cartons et les mit dans un autre ordre puis tendit le tout à Oscar.
– Fais les choses dans l'ordre mon garçon. On ne fait pas un bonhomme de neige tout seul, ni une couronne.
– Je sais, grinça-t-il.
– Ma nièce t'aidera, elle adore cette période.
– J'ai remarqué. Je vais me préparer.
– Oh oh ?
– Marcel m'a invité chez Paulette ce soir.
Octavia s'éclipsa en susurrant un « je sais » très approbateur qui fit lever les yeux d'Oscar au ciel.

Oscar s'était changé, il avait quitté le costume pour mettre un pull en laine aux motifs de flocons de neige. Un souvenir de son oncle. Il se regarda dans la glace avant de descendre, remarqua sa barbe naissante et soupira. Le contrôle lui échappait déjà.

Il laissa un peu de place au plaisir de se rendre au café des anciens, au repère des fanatiques de Noël, mais surtout, un de ces endroits préférés pour écrire. Quand il rejoignit l'entrée, il prit le temps d'observer réellement l'auberge et la porte fermée du bureau de Noël. Le lendemain, il irait faire un tour en ville. Avant de prendre une décision pour l'endroit, il devait le faire estimer.

Perdu dans ses pensées, il entendit quelqu'un dévaler l'escalier, une écharpe jaune moutarde jusqu'aux oreilles et des collants rayés vert et rouge. Oscar sourit.

– Ah donc vous savez sourire, le taquina Judy.
– Il paraît.

Judy fit un sourire qui retourna les tripes d'Oscar qui se demanda ce qu'il avait mangé pour ressentir un tel bourdonnement dans son estomac.

– Je n'arrive pas à savoir si vous sortez d'un téléfilm de Noël ou non, annonça-t-il.
– Qu'est-ce qui vous fait douter ?
– Vous n'auriez pas dévalé les escaliers, vous seriez descendu au ralenti.

Judy intensifia son sourire et son regard puis elle déclara :
– Dans une romance de Noël, sûrement. Et faudrait que vous soyez le bon.

Oscar se mit à rougir, s'efforça de ne pas bégayer.
– Allons-y.

Judy se détourna et ouvrit la marche, laissant Oscar seul avec son malaise. Cela faisait à peine deux jours qu'il était arrivé, il sentait sa carapace se fissurer à une vitesse bien trop rapide. Il n'était pas prêt. À rien. Ni à ouvrir son cœur à une ville, ni à une maison, ni à des gens. Il ne voulait pas s'attacher. S'attacher revenait toujours à souffrir.

– Votre téléphone sonne, l'informa Judy.
– Allô ?
– Alors beau gosse, ça se tartine de Noël ?
– Bonsoir, Maggie, j'ai été convié pour une ancienne tradition.
– Laquelle ?
– Celle où je raconte un conte de Noël.

Le sifflement approbateur de Maggie apposa un rictus sur les lèvres d'Oscar.

– Arrête ça.
– Je te laisse profiter, note tout !

Alors qu'il grommelait une réponse, il vit que Maggie avait déjà raccroché et que Judy semblait songeuse. Presque soucieuse.

– Vous allez bien ?
– Oui, bien sûr.
– Vous ne savez pas mentir, mais je n'insisterai pas.

Ce fut son tour d'être déstabilisée, elle se dissimula dans son écharpe et accéléra le pas. Ils arrivèrent en silence devant chez Paulette à 19 heures précises.

Assis sur un tabouret de bar face à un petit comité disposé sur des canapés avec plaids et chocolats chauds, Oscar tenait dans ses mains un grand carnet usé. Ses contes de Noël, recopiés, inventés, imagés. Ce projet qui l'avait fait vibrer un temps, qu'il traînait toujours avec lui, comme un doudou rassurant. Ce projet qu'il n'avait jamais envoyé à un éditeur.

– Tu en as un nouveau ? demanda Marcel.
– Je crains que non.
– Alors celui du bonhomme de neige ! réclama Paulette.
– L'oubli du Père Noël, proposa une voix.

Oscar sourit en entendant tous les titres de ses contes. Après douze années d'absence, ils s'en souvenaient tous. Ils avaient même des préférences.

– Les douze traditions, murmura Judy.

Oscar se figea, comment connaissait-elle ce conte-là.
– Je ne le connais pas, s'exclama Marcel.
– Moi non plus.
Tout le monde se mit d'accord en moins de deux. Oscar fusilla Judy du regard et tourna les pages de son carnet. Il ne l'avait raconté qu'à son oncle, celui-là. Il n'était pas terminé. Oscar se plia cependant à la demande et commença :
– Dans un village tout en haut du monde, où vivaient le Père Noël et ses lutins, l'ennui régnait. Si Noël arrivait tous les ans, avec tout le travail qu'il demandait, une sorte de lassitude envahissait les lutins. La Mère Noël, inquiète, rassembla son équipe. Elle alla parler aux rênes. Comme chacun sait, les rênes ne parlent pas, mais la Mère Noël leur racontait tout. Cela lui permettait de mettre ses idées au clair…

Oscar finit son histoire par :
– Et c'est ainsi que les douze traditions de Noël sont apparues, pour que chacun se souvienne de la magie de Noël et redonne envie de s'amuser à nos lutins travailleurs.
Le comité applaudit et se regarda avec étrangeté. Judy avait les yeux pétillants, elle ressemblait à une enfant qui découvre un cadeau supplémentaire sous le sapin. Elle se retenait de sautiller partout. En donnait l'air en tout cas.
– Que se passe-t-il ? questionna Oscar.
– Bah, tes douze traditions là. Elles existent ici. Bon, il en a gardé que sept, ton oncle, mais à l'auberge c'est un incontournable depuis que t'es parti, expliqua Hector.
– Si tu veux séjourner à l'Auberge de Noël pendant la semaine de Noël, t'es obligé de cocher la liste, ajouta Ombeline.
– C'est même dans les conditions générales de vente, précisa Judy.
– Qu'est-ce que ça veut dire ? s'étonna Oscar.
– Que Noël adorait ton histoire mon garçon, sourit Capucine. Et nous aussi.

Posté devant la seule agence immobilière de la ville, Oscar s'entretenait avec Maggie.
– Bien sûr que ça ne m'est pas indifférent d'être ici. Mais qu'est-ce tu veux que je fasse ? Que je vienne vivre ici ?
– Oh non, tu me manquerais trop et l'autre blaireau de Bob serait bien trop heureux. Je te rappelais juste la demande de ton oncle.
– Ouais, je demande une estimation.
– Très bien. Tu as coché des trucs sur la liste ?
– Oui.
– Et ton article prend forme ?
– J'hésite sur l'approche.
– Parle des fanatiques, ça plaira. Ça sera sûrement très drôle.
– Tradition. Émotion. Pas rire.
– Quel pince-sans-rire. Envoie-moi des photos beau gosse, je dois y retourner, Bob veut nous annoncer quelque chose.
Oscar raccrocha sans attendre et entra dans l'agence.

De retour à l'Auberge, il s'installa dans son coin, investissant les lieux de ses bristols et autres post-it. Il faisait les cent pas en regardant ses cartons quand une voix tonna.
– Mais c'est quoi ce bordel ?!
Une jeune femme, toute longue avec un joli ventre rebondi le regardait d'un air abasourdi, presque effrayé.
– C'est une méthode de travail. Vous devez être Mia ?
– Et vous êtes…
– Oscar.
– Le Oscar ? Celui dont Raph et Noël parlaient tout le temps ?

Il hocha la tête gênée. Eux qui avaient tout fait pour les effacer de sa vie, ils revenaient à la charge sans aucune rancune. C'était très déstabilisant.

– C'est donc toi le glaçon mignon.
– Pardon ?
– Euh, c'est comme ça que te surnomme Judy…

Oscar ferma son visage à toutes expressions en sentant une chaleur brûlante envahir son ventre. Ce séjour s'avérait une épreuve au quotidien, s'il s'avouait les choses avec honnêteté, il reconnaîtrait apprécier ressentir tout cela.

– Je travaille donc. Cela dérange ?
– Tant que c'est rangé après, je devrais le supporter, s'amusa Mia.
– C'est un garçon ou une fille ?
– C'est une surprise, sourit Mia.

Oscar sourit à son tour.

– Ce sera une belle surprise.

Alors qu'Oscar se retrouvait à nouveau seul en faisant les cent pas, il sentit un regard peser sur ses épaules. N'arrivant de toute façon pas à se concentrer, il soupira.

– Oui ?

Judy sortit un peu honteuse du cadre de la porte.

– Je ne voulais pas déranger.
– Trop tard.

Oscar se mordit les joues d'être aussi désagréable. Judy s'avança jusqu'à lui et parla à une vitesse totalement folle.

– Je sais que quand tu fais les cent pas c'est que tu n'avances pas dans tes écrits, alors je voulais te proposer de venir te promener dans un endroit que Noël aimait plus que tout et qu'il rêvait de te montrer.

Judy inspira et leva les yeux au ciel. Elle semblait se désespérer toute seule. Oscar y vit une occasion de se rattraper.

– Je dois ranger cela avant. Sinon Mia va me taper sur les doigts.

– En voiture ! chantonna Judy.

Oscar la suivit, curieux. Il plissa les yeux en entendant la radio diffuser des chants de Noël. Il se retenait de regarder Judy.

– Ferme les yeux, ordonna cette dernière.

Il planta ses yeux verts dans les noisettes de Judy, mais elle ne se démonta pas. Elle souriait même davantage, comme si le mettre en situation de malaise lui plaisait. Il décida que ça pourrait aider pour l'article et ferma les yeux. Se laissant aller. C'était nouveau ou très ancien. Ou un peu les deux.

Judy s'arrêta, sortit de la voiture et vint le chercher. Elle le prit par la main, gant à gant, et le fit descendre. Il se cogna la tête contre la carrosserie et jura dans sa barbe. Elle se confondit en excuses tout en remarquant que malgré ça il avait gardé les yeux fermés et serré sa main.

– Avance encore un peu. Ne bouge plus. Voilà. Maintenant, ouvre.

Oscar se retrouvait au-dessus de la ville, sur une sorte de butte. Il ignorait qu'un tel endroit existait à Suzammen. Tous les éclairages de Noël brillaient et la musique entonnait de lui «all I want for christmas is you». Il se surprit à bénir Mariah Carey de lui donner la sensation d'être dans un de ces films de Noël. Son esprit d'auteur tournait à plein régime. Il n'avait aucune idée pour l'article et si peu de jour encore. Mais il en avait plein pour des contes de Noël. Ces fameux contes pour petits et grands à lire au pied du sapin.

– C'est magnifique, murmura-t-il.
– Noël a mis longtemps à rendre cette vue parfaite.
– Comment ça ?
– Au début, quand il a commencé à venir ici, certaines maisons n'étaient pas visibles, certains arbres bouchaient la vue. Le marché n'était pas au bon endroit. Il a tout fait bouger, déplacer, replanter pour obtenir cette vue. Car quand il était ici, avec ça devant les yeux, il avait l'impression d'être dans tes contes.

Oscar ne dit rien, Judy serra sa main à travers le gant. Il réalisa qu'il n'avait pas retiré sa main. Cela ne lui ressemblait pas. Cela lui plaisait.

En chemin vers l'agence, le téléphone d'Oscar se mit à sonner. Quand il vit «Anna rédaction», il pinça les lèvres.

– Oscar, tu es dans la mouise. Je ne sais pas ce qui te prend autant de temps, mais Robert a déposé son article pour le 24 ce matin. Il est excellent. Tellement excellent qu'il ne semble pas être de lui.

– Oh.

– Tu n'as rien de mieux à dire.

– Je travaille sur l'article Anna. Je cherche le bon angle. J'ai jusqu'au 23 non ?

– Oui, mais si tu pouvais...

– J'ai un rendez-vous. Je vous rappellerai plus tard.

Oscar raccrocha sans aucune cérémonie, cela le surprit. Il imagina une seconde son air ahuri et sourit. Il tenait ses engagements, il était fiable. Il retint la colère que lui inspirait Bob et se dit que le rendez-vous à l'agence tombait à pic. Il fallait qu'il retourne à Paris.

– Monsieur Wiltur, j'ai pu regarder les documents.

– Parfait. Qu'en est-il ?

– Vous pensez réellement vendre ?

– Je l'ignore, sûrement. J'ai une vie qui m'attend ailleurs.

– Votre oncle m'a interdit de vous donner le chiffre avant le 25 décembre.

– Excusez-moi ?

– C'est dans son testament. J'ai toutes les informations, il avait fait estimer l'auberge. Si je vous ai proposé ce rendez-vous, c'est parce que j'aimerais parler avec vous.

– Je vous écoute, grinça Oscar.

– Dans sa lettre que Noël m'a laissée, il stipulait que vous alliez venir me voir, que je ne devais pas vous répondre avant le 25. « Pour que mon andouille de neveu tienne sa parole » ce sont ses mots pardonnez-moi. Cependant, il y avait autre chose que je n'avais pas hier. Voilà. Il avait laissé cette boîte. Je vous la donne. Bon séjour parmi nous Monsieur Wiltur.

– Merci, répondit un Oscar mitigé.

Oscar marchait dans les rues sans prêter attention vers où le dirigeaient ses pas. Il se retrouva tout bougon devant la librairie. Devant le livre de son oncle. Noël à la maison. Il n'arrivait pas à pousser la porte du magasin. Il ne se résignait pas à accepter totalement la mort de son oncle. Tout cela était finalement trop soudain. Tout se mélangeait dans son esprit. Sa vie était jusqu'alors bien rangée, bien cadrée, sans état d'âme. Robert, alias Bob, pouvait le faire quelquefois sortir de ses gonds, mais la plupart du temps sa vie ressemblait plutôt à un lac bien plat qu'à un océan tumultueux.

Tout semblait pourtant s'accélérer. Plus rien ne faisait sens. Il se sentait comme un gamin qui découvre Noël pour la première fois. Il avait oublié la magie, les lumières, les sourires, les moments en famille. Ce mot le fit sourire tristement. La famille était la raison même de son enfermement. Il refusait d'y penser.

– Ah Monsieur Wiltur !

Oscar se retourna pour voir une Judy rayonnante comme à son habitude et qui portait beaucoup trop de sacs.

– Laissez-moi vous aider.

– Que se passe-t-il ?

– Rien qui ne vaille la peine de vous arrêter.

Oscar se renferma, se maudissant malgré lui. L'armure lui collait à la peau, telle une mauvaise habitude.

– Oh vraiment ? s'amusa tendrement Judy. Alors, avançons, de toute manière je suis pressée.

– Où allons-nous ?

– À L'auberge ! Les habitués débarquent demain, il faut que tout soit parfait.

– L'auberge est très bien, assura Oscar.

– Vous ne comprenez pas, c'est…

Judy hésita, elle fit sa tête de femme forte, mais ses yeux

brillaient d'inquiétude et de tristesse.
– Oh. Le premier sans mon oncle ?
– Vous n'êtes pas si grinche finalement…
Oscar tenta de sourire et de ne pas être vexé.
– Je suis un Wiltur, Madame.
– Et alors ? le taquina-t-elle
– Alors, Noël n'est pas que le prénom de mon oncle, c'est une tradition familiale.
– Aidez-moi, supplia-t-elle.
Elle rougit, fit signe de n'avoir rien dit puis accéléra le pas comme si la honte la coursait.
– Vous demandez de l'aide au grinche ? Vous devez être désespérée.
Judy s'arrêta, bouche bée, fit une moue qu'Oscar trouva inqualifiable et décréta.
– Vous avez même de l'humour. Je suis outrée.
Puis elle rit de bon cœur et Oscar sentit l'armure se fissurer. Il se contenta de sourire légèrement. Il ignorait comment faire mieux.

Octavia, Judy, Raph, Mia et Oscar s'installèrent dans le salon. Judy présenta le plan.
– Voilà, les habitués arrivent demain, ils attendent des choses, ce que Noël faisait sans s'en rendre compte. Et nous ne sommes pas Noël.
Judy se mordit la lèvre, incapable de continuer. Tout le monde se regarda hésitant, puis Oscar se lança.
– Et si on donnait du Judy aux gens, du Judy, du Octavia, du Raph et du Mia. Cela ne fait que quelques jours que je suis ici. Si le charme opère sur moi, il opérera sur d'autres.
– Comment ça ? souligna Octavia.
– Mais oui ! s'exclama Mia, mettons en avant ce que nous aimons à Noël, honorons la mémoire de Noël avec ses traditions et ses habitudes, mais ne nous prenons pas pour lui. À la sauce Judy !
Et ils reprirent tous en cœur «A la sauce Judy»
Oscar rougit. Judy aussi.
– Reprenons sa liste de traditions. Les gens l'attendent.
– Et nous aussi.

Assis sur son lit, des bristols autour de lui, l'ordinateur sur le bureau, il fixait intensément les mots sur les bouts de carton sans réussir à les lire. Tout s'embrumait et il refusait de penser à son oncle. Il se leva tout de même, faisant tomber son carnet de contes de Noël et sortit de sa chambre. Il avança dans le couloir à pas de loup et descendit les escaliers. Il se retrouva devant le bureau de Noël, sachant pertinemment que son plus grand récit, en tout cas son ébauche se trouvait dans ce bureau.

Il n'avait pas d'idées réelles pour son article. Il se demandait même si cette promotion avait un sens. Il ne pourrait plus écrire. Et malgré toutes ses fuites, il n'avait jamais renié cette promesse. Il était un raconteur d'histoires. Ici tout le monde le savait. Peut-être qu'ici, il pourrait faire tomber l'armure.

Un rai de lumière attira son regard, lui permettant une échappatoire à ses propres errances. Il regarda par la fenêtre et comprit que cela venait du cabanon derrière l'Auberge. Il hésitait à y aller quand une voix l'y incita.

– Vas-y mon garçon, tu pourrais être surpris.

Il se retourna, cherchant Octavia. Il n'y avait personne. Persuadé qu'elle l'avait observé d'en haut et qu'elle s'était dissimulée, il se dirigea vers ses bottes et son manteau. Bravant le froid mordant, il regretta d'être en simple jogging de pyjama. Il toqua à la porte du cabanon, priant pour qu'il soit chauffé.

– Tatie Octi, tu sais que je préfère être seule pour…

Judy posa les yeux sur lui et se tut. Elle semblait furieuse et ravie.

– Vous êtes magnifique.

Oscar se sentit rougir et préféra ne rien ajouter.

— Dans ma chemise de bûcheron, le nez tout rouge et un ciseau à bois à la main ? Que faites-vous ici ?

— J'ai vu la lumière et je crois que votre tante m'a incité à venir.

— Vous croyez ?

Oscar vit le décor bouger et comprit qu'il piétinait d'un pied sur l'autre. Il était stressé. Cette ville, cette auberge et cette fille le rendaient... le rendait... beaucoup plus lui-même. Il peinait à le reconnaître, mais c'était tellement vrai.

— Je ne sais pas, avoua-t-il. J'ai cru l'entendre, ou peut-être que je suis simplement curieux. J'ignorais que je vous trouverais là, dans votre chemise de bûcheron, un bandeau sur la tête et des sculptures tout autour de vous.

Judy dut sentir sa sincérité, car elle fit un sourire étrangement timide.

— C'est votre jardin secret c'est ça ?

— Oui, mon refuge.

— Je peux ?

Judy acquiesça et Oscar entreprit de visiter les étagères, s'abstenant de commentaires, mais pas de réaction. Il faisait des oh et des ah défiant toute sa timidité. Le travail des détails et des couleurs le laissait pantois. Toutes ses sculptures étaient des jouets, des trains, des matriochkas, des marionnettes, des bateaux et tant d'autres.

Il se retourna pour annoncer son verdict à une Judy absolument terrifiée vissée à son tabouret. Oscar se demandait pourquoi son avis comptait, puis osa poser ses yeux dans ceux de la jeune femme.

— Cet atelier devrait être plus grand. Il manque également la partie magasin. À qui profitent ces jouets ?

— À personne, murmura Judy.

— Comment ça à personne ? Mais Judy, ils sont magnifiques, originaux et artisanaux. Tout le monde se les arracherait.

— Je n'ai pas le temps, se ferma-t-elle.

Oscar s'approcha, il n'avait jamais vraiment su comment parler à un autre être humain, en tout cas pas autrement que dans une histoire, ni en rassurer, ni en consoler. Mais là, il fallait qu'il le fasse. Il s'arrêta devant elle, prit son menton et la força à le regarder. Bon Dieu ce qu'elle était belle. Sa crinière rousse, ses immenses yeux brillants, son sourire si grand qu'il réveillait celui d'Oscar. Il se concentra, cherchant les mots justes pour atteindre le cœur de cette perle.

— Écoutez-moi bien, ces jouets sont des œuvres. Elles ne peuvent pas rester dans ce cabanon qui n'aura bientôt plus assez de place pour les accueillir. Arrêtez de vous cacher, tout Suzammen vous aime. Et c'est facile de comprendre pourquoi.

Il comprit ce qu'il venait de dire, se retint de bafouiller et ajouta pour se donner de la consistance.

— Je suis certain que Noël les aimait.

— C'est lui qui m'a appris.

Elle se leva et colla son front sur le torse d'Oscar. Elle pleurait. Il l'entoura de ses bras, réalisant qu'il n'avait pas enlacé quelqu'un depuis des années. Il la serra plus fort. Quitte à y perdre des plumes, autant toutes les mettre. Elle renifla et murmura qu'il lui manquait. Oscar sentit un sanglot dans sa propre gorge. De la tristesse, du regret. Il ferma la porte à ces émotions-là. Trop d'un coup. Il se recula.

Il décampa, laissant une Judy calme et pensive.

Au petit déjeuner la troupe se retrouva. Octavia, Raph, Mia, Judy et Oscar.

— On met nos pulls de Noël, on sourit et on informe de la tradition de demain. Pour aujourd'hui on les encourage à aller au marché. Ce soir commence la magie.

— Ce soir commence la magie.

— À la sauce Judy, compléta Oscar.

Raph, Mia et Octavia se regardaient avec des yeux ronds tandis qu'Oscar et Judy se fixaient avec intensité.

— De l'aide en cuisine, tonna Tatie Octi.

— C'est pour moi, se réjouit Oscar.

Et tout le monde se demanda où était passé le grinche des premiers jours.

Alors qu'il décorait les sablés en cuisine, les premiers clients arrivèrent.

— Va avec elle, ça lui donnera de la force.

— Vous pensez ?

— Elle vous a bien laissé rester au cabanon.

Oscar la regarda bouche bée.

— File gamin, elle n'attend que toi.

Rouge comme une tomate, Oscar retira son tablier et se pointa à l'accueil. Judy saluait les clients.

– Clara, Thomas et Wendy. Mais quel plaisir de vous voir ! Nous vous avons réservé votre chambre habituelle.

– Merci Judy. Qui est ce jeune homme ?

– Oscar Wiltur, Madame, je peux porter vos affaires ?

Clara fit un clin d'œil à Judy avec une petite moue approbatrice. Cette dernière leva les yeux au ciel avec un sourire qui disait tout sauf non. Dans l'escalier Wendy avoua :

– Ça ne va pas être pareil sans Noël.

– Je sais ma chérie. Judy est super.

– Vous allez raconter le conte à la place de Noël ?

– Qui sait ? sourit Oscar.

Il ne savait pas de quoi elle parlait, mais tout cela comptait pour Judy, alors ça comptait pour lui. Un téléphone sonna quelque part dans l'auberge, sans que personne n'y prête attention.

Il restait sept jours avant Noël. Six avant le réveillon. Les traditions d'oncle Noël commençaient ce jour. Oscar se leva, excité comme jamais. Il n'avait ni ouvert ses mails ni consulté son téléphone depuis la veille tant il avait aidé à l'Auberge. Il se demandait où était passé le glacial Oscar. Pourtant, s'il se sentait souvent gêné et ignorait quoi dire, il retenait vite le discours de Judy ou celui de Mia, aidait en cuisine, distribuait les clés, guidait vers les chambres. Comme si tout son corps savait faire, comme si ce savoir était inscrit quelque part dans ses gènes. Comme si l'Auberge était sa maison.

Le premier jour des traditions, il se rendit au petit déjeuner et réalisa qu'il était encore une fois le premier. Il savoura le silence, le froid qui réveille et la vue du buffet. Il passa en cuisine.

– Bonjour, Tatie Octi, salua-t-il. Quoi de bon ce matin ?
– Des brioches tressées en forme de sapin pardi !
– Ça sent divinement bon.
– Va t'asseoir garnement, ton chocolat chaud arrive. Judy ! Le grinche a besoin de son chocolat.

Oscar leva les yeux en souriant et alla s'installer à table.

Alors qu'il prenait son temps, des petits pas se firent entendre derrière lui.
– Monsieur Wiltur ?
– Hum, Wendy c'est bien ça ?
– Oui.
– Tu peux m'appeler Oscar.
– Mes parents dorment encore, mais j'ai trop faim, je peux ?

Oscar lui sourit et lui fit signe de s'approcher. Il se leva, fit s'asseoir la petite fille et l'approcha de la table.

– Tu aimes les chocolats chauds ?

– Oh oui !

D'un air canaille, il se dirigea vers la cuisine.

– Mesdames, une commande spéciale, annonça-t-il.

– Qu'est-ce que tu es solennel, ria Octavia.

– Plaît-il ?

– Il nous faut un chocolat chaud spécial petite fille réveillée aux horreurs.

– Aux aurores, tu veux dire.

– Ah non, pour les parents ce sont sûrement des horreurs !

Octavia pouffa, Judy leva les yeux au ciel, mais prit la commande. Oscar revint, l'air très fier de lui et chuchota à l'oreille de Wendy que le meilleur chocolat du monde était en chemin. La petite fille sourit.

– Vous lui ressemblez un peu.

– Pardon ?

– À Noël, vous lui ressemblez.

Oscar fit une drôle de tête, car la petite ajouta.

– Mais c'est bien ! C'est dans les yeux, vous êtes un magicien de Noël aussi ?

Oscar se figea complètement. Perdu.

– Wendy, tempéra sa mère, laisse donc monsieur Wiltur tranquille. Il est bien trop tôt pour le déranger.

– Mais maman, râla l'enfant, je suis sûre qu'il est pareil que Noël, on est sauvés ! Noël sera génial avec lui. Hein Judy ?

– Oui, c'est bien possible...

Oscar sortit de la pièce, il avait besoin de prendre l'air. Il alla directement vers le cabanon sans réaliser ce qu'il faisait. Il s'installa au milieu des jouets et se sentit rapidement mieux. Il consulta son téléphone. Des appels en absence, des messages, des mails. Sa non-vie le rattrapait et il n'en voulait pas. Il voulait profiter de son cocon. Il voulait se retrouver.

On toqua à la porte du cabanon et Oscar se sentit soudain très bête quand Judy passa la tête.

– Je... je suis désolé, je ne voulais pas...

– Vous ne vouliez pas quoi ? Le taquina-t-elle. Me voler mon refuge.

Oscar baissa la tête, vaincu. Trop mal pour rétorquer.

– Hé, qu'est-ce qu'il se passe ?

Oscar essaya de ne pas se renfermer comme une huître. Il n'arrivait plus à bien réfléchir, il ignorait comment expliquer.

– Bon, vous savez quoi ? Je veux bien partager le cabanon. À une condition.

– Laquelle ?

– Que vous racontiez le conte le soir du réveillon.

– Vous êtes deux à me l'avoir demandé…

– Vous serez parfait.

– On dirait un fichu film de Noël… grommela-t-il.

– Si c'est vous le héros, ça me va.

Judy le planta sur ces mots, rouge comme une pivoine. Il n'eut pas le temps de bien comprendre ce qu'elle avait dit. Ses cheveux roux déjà loin firent battre son cœur plus fort.

– Et merde !

Il savait, c'était trop tard. Il prit son téléphone et consulta tous les mails. Anna le harcelait pour l'article alors qu'il avait encore cinq jours devant lui. Maggie réclamait des photos. L'agent immobilier lui avait laissé un mail pour savoir s'il avait ouvert la boîte. Il l'avait complètement oubliée celle-là.

Il répondit à Anna de lui faire confiance, l'émotion serait au rendez-vous. Il fit un long message à Maggie pour s'excuser et envoya une photo de l'Auberge. Et pour la boîte, il remercia l'agent de lui avoir rappelé son existence.

De retour dans le salon, il remarqua que tous les clients étaient là. Il se faufila juste à temps pour voir Judy ouvrir la première boîte des traditions et annoncer :

– Pour ce premier jour, l'Auberge de Noël vous propose cette tradition : nous nous chargerons du sapin et vous autres, nos invités, devrez trouver, fabriquer, proposer une décoration pour que le sapin ressemble à chacun d'entre vous.

Judy souriait, elle ressemblait à un rayon de soleil.

– On peut se faire aider ? demanda quelqu'un.

– Tout ce que vous voulez, déclara Judy, nous sortirons également nos plus belles décorations des années passées !

Tous les clients se mirent à discuter de leurs envies pour ces décorations et il fut convenu de se retrouver le soir même après le repas pour les accrocher ensemble.

Oscar s'approcha de Judy, il n'arrivait plus à se défaire de son air de filou.

– Que prévoyez-vous, monsieur Wiltur ?

– Je dois accompagner une charmante jeune femme pour trouver un sapin.

– Oh non, la commande est faite, il sera livré.

– Livré ? ça m'étonnerait que mon oncle accepte ça.

– Et la sauce Judy ?

– Viens, la sauce Oscar peut valoir le détour.

Il la prit par la main sous les regards joyeux d'Octavia, Raph et Mia.

Oscar conduisit une Judy tout excitée vers la forêt de Noël, celle que son oncle avait entretenue et vendue à la famille Meyer lorsqu'Oscar n'avait que huit ans. Depuis, la famille Wiltur avait une tradition, venir couper elle-même son sapin dans cette forêt avec l'accord des Meyer.

– Viens voir, là-bas il y a les plus beaux sapins.

Judy le suivait avec les yeux d'une enfant le matin de Noël. Oscar laissait son esprit vagabonder de plaisir et s'autorisa à lâcher prise.

– Il est dit que dans cette forêt se trouve l'esprit même de Noël. Tous les ans, il nous faut trouver le bon pour que l'Auberge s'illumine et rayonne jusqu'au passage du grand barbu. Pour trouver le bon sapin, il y a tout un rituel.

Judy regarda Oscar, à la fois émerveillée et choquée. Elle se retint de le couper et l'encouragea à continuer.

– Voilà, il est interdit de venir couper un sapin seul, car cela ne symboliserait pas une fête de famille. La seule exception doit être pour mon oncle qui à lui seul représentait une famille entière, s'amusa Oscar. Bref, il faut ensuite posséder la bonne hache, celle qui a été bénie par du chocolat chaud et gravée des initiales du Père Noël. Ensuite il faut se laisser guider par les mains, le nez et les oreilles. Je garderai les yeux ouverts et toi, tu choisiras le sapin. Prête ?

Judy hocha la tête et ferma les yeux, ravie. Elle toucha plusieurs sapins, revint sur ses pas, respira l'air ambiant, fourra son nez dans les piquants. Oscar sentit tout son corps s'emmêler. Il était soulagé qu'elle ait les yeux fermés et de devoir la guider en silence. Elle s'arrêta soudain, comme prise d'un vertige heureux. Elle ouvrit les

yeux et déclara :
– C'est le bon.

Oscar hésita, le regard brillant de Judy plongé dans le sien lui fit perdre ses moyens au point d'en oublier qu'il était là pour un sapin.
– Le sapin, c'est celui-là, expliqua la jeune femme. Il faut le couper non ?

Elle dissimula dans son écharpe un sourire si grand qu'il débordait d'elle. Ils coupèrent l'arbre ensemble et le transportèrent jusqu'à l'Auberge.

Une fois le sapin dans le salon, Judy et Oscar observèrent leur choix. Il était parfait.
– Merci, soupira Judy. Noël me manque moins depuis quelques jours…

Oscar prit la main de la jeune femme, il aurait voulu lui dire tant de choses, mais rien ne sortit. Que Noël lui manquait comme jamais, mais qu'il en était heureux. Cela signifiait qu'il ressentait à nouveau la vie. Que son sourire à elle réchauffait tout son corps. Que ses yeux brillaient tellement qu'il avait la sensation d'être un trésor quand elle posait son regard sur lui. Qu'une pièce s'illuminait quand elle était là. Il ne dit pourtant rien de tout cela.
– Je dois aller trouver une décoration, déclara-t-il.

Il se retourna, se sentant misérable.
– A tout à l'heure, chantonna la jeune femme.

Il ne vit pas son air tout chamboulé. Il ne vit pas qu'elle se rua dans la cuisine pour retrouver sa tante. Il ne vit pas qu'elle n'attendait que lui. Elle aussi.

Il retrouva Raph sur le palier de sa chambre et s'en félicita.
– Alors le grinche, on fuit ?
– Alors le futur papa, on cherche les ennuis ?
– Je dois réparer cette foutue porte avant que ma femme crie à l'incompétence de l'homme à tout faire de l'auberge.
– J'ai besoin de ton aide vieux.
– Pour séduire la jolie Judy ?
– Que quoi ?! Non ! Pour trouver une décoration pour le sapin.
– Ah dommage, on a lancé les paris. Je suis certain de gagner.

Oscar rougit, mais s'en accommoda. Son ami d'enfance le connaissait trop bien pour qu'il joue à faire semblant. Il lui promit de l'emmener au bon endroit pour la décoration après avoir réparé le grincement de la porte. Un quart d'heure plus tard, ils étaient en voiture, direction le second marché de Noël de Suzammen.

— Deux marchés de Noël ?
— Eh oui, pour deux fois plus de plaisir.

Oscar sourit et se laissa guider.

— Bon c'est quoi le souci ?
— Quel souci ?
— Tu te retiens, tu te lâches, il est où l'écrivain qui racontait des histoires à tout le monde et qui faisait tomber toutes les filles.
— Je n'étais pas comme ça.
— Okay pas tout à fait comme ça... Mais ?
— Je ne sais plus où j'en suis. Je pensais avoir fait un trait sur Suzammen, je ne me doutais pas que mon oncle me refilerait l'auberge. Et puis y'a Judy et tous ces superbes jouets et toi, et Mia et Octavia…
— Bordel tu pensais vendre ?!

Oscar baissa la tête, honteux.

— J'avais une vie bien rangée, facile. Un job que je pensais aimer, une promotion au bout du chemin. Je ne sais plus quoi penser.
— Eh ben, qui aurait cru qu'Oscar Wiltur retomberait amoureux de notre petite ville. Noël disait toujours que tu reviendrais vivre à la maison.
— Il me connaissait bien.
— Mieux que toi-même ?

Oscar hocha la tête, se réjouit de pouvoir sortir de la voiture, espérant ainsi échapper à la conversation.

Après un dîner très convivial où Wendy posa une montagne de questions à un Oscar très enclin à répondre sous les regards reconnaissants de Thomas et Clara, il fut l'heure de faire le sapin.

Octavia avait revêtu un pull rouge à flocons et invita tout le monde dans le salon. Elle voulait être la première.

— Cette année, chers amis, chers habitués et chère famille, j'ouvre le bal des décorations.

Elle sortit de sa poche un bonhomme en pain d'épice fait en feutrine et alla l'accrocher. Judy suivit avec une maison, Raph avec un tambour, Mia avec une simple boule rouge magnifique sur laquelle était écrit «on t'attend». Oscar laissa tout le monde mettre sa décoration, observa la procession, les explications, les yeux brillants, l'émotion. Il finit par s'approcher et accrocher sa décoration. Un cœur en bois avec gravé dessus Noël. Il ne voulait pas avoir à expliquer la double signification.

Il fila dans sa chambre, laissant tout le monde en plan pour aller ouvrir la boîte qui l'attendait. Il la retrouva rapidement et s'installa sur le lit. Sans plus de cérémonie, il l'ouvrit. Elle était vide avec une petite carte dedans.

« À toi de la remplir »

Oscar retourna la boîte et vit les lettres dessus « Mes traditions de Noël ».

— Aujourd'hui, chers tous, ouvrons la boîte des traditions numéro deux.

Mia trônait avec son énorme ventre devant la petite troupe de pensionnaires et prenait visiblement un plaisir fou à entrer dans le rituel.

— La magie de Noël se trouve dans vos mains. Fabriquez quelque chose pour quelqu'un, vous avez jusqu'au 25 pour le lui offrir. Cependant, il faudra aussi nous le photographier.

Judy trépignait et Octavia ajouta :

— Chaque année on immortalise vos créations en photo ! Un mur est dédié à toutes vos œuvres.

Octavia fit un signe de la tête à Raph qui tira un rideau et, sur un mur jusque-là dissimulé, un nombre impressionnant de photos apparu. Des objets en papier, en bois, en tissu… Oscar observait les photos quand une petite main tira son pull. Wendy. Il sourit, cette gamine était terriblement attachante.

— Oui mademoiselle.

— J'ai besoin de ton aide, mais c'est pour un secret.

— Si c'est pour un secret, alors il faut trouver un endroit où personne n'entendra.

Il fit un signe aux parents de Wendy qu'ils allaient dans le coin bibliothèque et s'installa sur un fauteuil.

— Alors voilà, je voudrais faire un cadeau pour l'Auberge. Je sais que ce n'est pas quelqu'un, mais sinon je pourrais toujours dire que c'est pour Judy. Mais en fait c'est pour tout le monde.

Oscar attendait la suite, intrigué.

— Si je fabrique un livre, est-ce que je peux prendre une de tes histoires ? Je ferai les dessins.

– Oh, mais c'est une idée formidable, j'en serais honoré. Tu penses à une histoire en particulier ?

– J'aime celle du bonhomme de neige qui a perdu sa maison.

– Alors je te la copie pour ce soir.

– Tu pourras l'écrire dans le livre ?

Oscar hocha la tête, sincèrement ému. Il trouva cela encore plus formidable qu'un oui d'éditeur. Il trouve que cela, c'était le sens même de sa raison d'écrire. Il tendit la main pour sceller le pacte et regarda la petite fille partir en courant pour rejoindre ses parents.

Oscar répondit au téléphone quand Anna l'appela.

– Bonjour Anna.

– Bonjour, Oscar, on en est où ?

– Je ne suis pas certain que me harceler tous les jours m'aide à être productif.

– Ils ont quasiment choisi Robert.

Oscar resta silencieux, il se rendit compte qu'il n'en avait rien à faire.

– Oscar ? Tu as entendu ce que j'ai dit ?

– Oui Anna, j'ai entendu.

– C'est terrible pour le journal, il faut absolument que ça soit toi.

– Ce que je veux moi, c'est écrire.

– Qu'est-ce que ça veut dire ?

– Je retourne travailler. Bonne journée.

Oscar raccrocha et tenta de se mettre sur l'article quand Maggie décida de l'appeler à son tour.

– Qu'est-ce que tu fous beau gosse ?

– Je plonge dans l'esprit de Noël. Je t'ai déjà dit d'arrêter de m'appeler comme ça.

– Bien, mais Anna est furax et Bob commence à me taper sur le système.

Il n'avait pas envie de répondre, il appréciait sincèrement Maggie, sûrement la seule personne en dehors de Suzammen à qui il tenait. Mais là, il voulait qu'on lui lâche la grappe. Ici on lui demandait des histoires, on lui demandait de rêver.

– Qu'est-ce qu'il t'arrive ? Même pas un mot sur Bob ?

– La magie de Noël, Maggie.

– Si tu continues, je vais venir te forcer à écrire.

– J'écris déjà.
– Bien. Je te surveille beau gosse.
– Bonne journée Maggie.

Oscar préféra copier son conte pour Wendy que d'écrire l'article. Il envisageait de quitter le journal, de rester ici. Son cœur battait plus fort à cette idée. Il n'osait pas en parler, il ne voulait brusquer personne. Il avait des idées pour l'Auberge de Noël, pour l'atelier de Judy aussi. Il commença à dessiner, des propositions pour transformer une partie de la remise, jusqu'au cabanon. Il réaménageait quelques pièces dans la maison, y ajoutait un coin écriture. Il aima, il sut. Il rédigea une lettre pour le journal. L'article de Noël serait son dernier. Il avait des choses à faire ici.

Il alla à l'agence immobilière et annonça qu'il ne voulait plus l'estimation, l'Auberge ne serait pas à vendre.
– Il y a un souci cependant.
– Quel souci ?
– Si, pendant les fêtes, l'Auberge est remplie, le reste de l'année le taux d'occupation est très bas.
– Déficit c'est ça ? devança Oscar.
– Oui.
– Bien.
– Monsieur Wiltur ?
– Oui.
– Vous allez sauver l'Auberge ?
– J'espère.

Oscar s'en alla dans la cuisine. Il aimait s'y sentir utile et contre toute attente, il avait envie de parler.
– Un coup de main Tatie ?
– D'un beau garçon toujours, ria-t-elle.
Elle lui tendit le tablier et apprécia qu'il se dirige droit vers l'évier et le savon.
– On a gagné de bons réflexes. Que me vaut l'honneur ?
– Je croyais que j'étais le bienvenu dans ta cuisine…
– Bien sûr, mais personne n'y vient pour juste mes beaux yeux. Crache le morceau.
– J'ai été à l'agence.
– Oui, tu voulais l'estimation, tout le monde est au courant.

– Oh, je… J'ai dit que je ne la voulais plus, ça n'est pas ça qui m'interroge.

Octavia le regarda avec un sourire maternel et bienveillant qui donna à Oscar l'envie de se blottir dans ses bras pour ne plus avoir peur des monstres.

– Les finances ne sont pas bonnes.
– Je sais.
– Les jouets de Judy pourraient tout changer.
– Je sais. Tes histoires aussi.
– J'ai des idées, j'aimerais…
– Rester ?

La voix de Judy stoppa net Oscar dans sa discussion, il se sentait comme un faon devant les phares d'une voiture. Il ne se retourna pas et se mit à danser d'une jambe à l'autre.

– Tu penses rester ? demanda-t-elle à nouveau.
– Oui.
– Bien. Alors tu feras le père Noël le 24.

Oscar écarquilla les yeux, il ne pensait pas à cela exactement en disant vouloir rester. Octavia pouffa et Judy partit dans un jeté de cheveux triomphant.

– Elle aura ta peau, chuchota Octavia.
– Elle a déjà mon cœur, soupira Oscar.

Il réalisa qu'il l'avait dit à voix haute sous le regard de la plus grande commère de l'Auberge.

– Tatie, si tu répètes ça.
– Je n'ai rien à dire tant ça saute aux yeux. Raph va gagner son pari.
– Quel est ce pari à la fin ?
– Tututu, si je te le dis, c'est de la triche.

— Dis Oscar, tu crois que je pourrais lire la tradition du jour ?
— Allons demander à la patronne !

Main dans la main, les deux canailles filèrent chercher Judy. Elle cherchait des informations dans le registre à l'accueil de l'Auberge en s'agaçant au téléphone. Oscar hésita à faire machine arrière, mais la petite fille serra plus fort sa main, les yeux plein d'espoir. Il tourna le dos à Judy et se mit à mimer ce qu'il venait de voir. Il fit une caricature d'une Judy excédée fouillant dans un livre imaginaire. Quand il l'entendit réellement raccrocher et pouffer de rire, il se sentit soulagé.

— Alors que me veulent les deux filous ?
— Wendy a une demande très spéciale. Une demande à laquelle ne peut répondre que la patronne.

Judy fut piquée par la curiosité, perdant ainsi toute trace de contrariété. Oscar posa la main sur l'épaule de la petite pour l'encourager.

— J'aimerais bien lire la tradition du jour à tout le monde. Je sais que normalement c'est une personne de l'Auberge…
— J'aime beaucoup l'idée ! Ce pourrait être une nouvelle tradition. C'est parfait. Allons-y !

La petite fille trônait au milieu du salon, fière comme un paon ouvrant la troisième boîte.

— Cette tradition s'amuse de vieillerie et de nouveauté. Jouons au Père Noël pour la journée, que chacun tire un nom et fasse un cadeau ce soir. Nous les ouvrirons tous ensemble.

Wendy chercha Judy du regard, souhaitant de l'aide pour le tirage au sort. La jolie rouquine lui apporta une autre boîte et la petite passa de main en main jusqu'à ce qu'il reste un unique papier pour elle.

Oscar ouvrit son petit papier et lut « Wendy ». Il avait une mission de la plus haute importance, trouver un cadeau pour cette enfant. Il s'étonna de prendre tout ceci tellement à cœur et s'en félicita. Il se rappela ensuite l'état de Judy avant le tirage et s'empressa d'aller la voir.

– Mademoiselle Balastia ?
– Encore une requête spéciale, se méfia-t-elle.
– C'est possible.

Il tendit la main et invita la jeune femme dans le jardin.

– Que se passe-t-il ?
– Rien, se ferma-t-elle.
– Pour que tu t'agaces au téléphone, il s'est forcément passé quelque chose.
– Tu resteras quand même ?

Il lui prit les mains et frissonna en dedans de lui, il ignorait ce qu'il était en train de faire. Il se lança tout le même. Il déposa délicatement un baiser sur le front de la rouquine. Elle serra ses mains plus fort et le regarda avec intensité.

– Si je suis le bienvenu, oui.
– On a de gros soucis. Les factures tombent, on va réussir à payer encore quelques semaines avec les fêtes. Je ne sais pas si l'Auberge sera encore là, Noël prochain. Sans Noël, c'est comme si rien ne fonctionnait plus.

Elle se détourna, très inquiète, très triste. Il la voyait dans toute sa fragilité et la trouva encore plus belle. Ses idées n'étant pas assez claires pour les lui exposer, il se contenta de s'accouder à côté d'elle, bras contre bras. Le silence s'avérait parfois plus parlant que n'importe quelle parole. Le silence il connaissait bien. Il sourit. Se sentant à sa place.

Raph sortit en trombe.

– Judy ! Je crois que Mia va accoucher.
– C'est merveilleux, s'enthousiasma Judy.
– C'est censé être dans trois semaines, paniqua-t-il.

Pendant qu'ils parlaient, Oscar avait rejoint le salon où se tenait la future maman.

– Ça va ?
– Oui, Raph est juste très stressé.

– Et toi, tu devrais ralentir non ?
– J'ai simplement eu une petite contraction. Rien de bien méchant.
– Les femmes enceintes sont en congé maternité normalement. Tu n'arrêtes donc jamais. Qui est le plus stressé de vous deux dis-moi ?

Mia roula des yeux et lui fit une grimace.

– En tant que propriétaire des lieux, je t'interdis de venir travailler jusqu'à nouvel ordre. Tu participeras cependant à toutes les traditions et profiteras de ton mari dès que tu en as besoin.
– Mais Judy a besoin de…
– Judy n'a besoin de rien du tout, la coupa cette dernière, j'approuve Oscar. File.

Raph ne lui laissa aucune possibilité d'agir et la guida vers leur maison. Soulagé.

Le soir vint très rapidement et Oscar dissimulait fort mal son excitation. Il avait le cadeau parfait, en tout cas il l'espérait. Il se demandait aussi qui avait pioché son nom. Judy fit venir Wendy et lui demanda de lancer la cérémonie. La petite fille avait pioché Judy et lui offrit un pull de Noël avec une Mère Noël qui dansait. Il était ridicule et incroyable. Elle l'enfila directement et serra fort la petite fille dans ses bras et remercia aussi silencieusement les parents.

– Ce sera mon pull pour le 24, sans faute.

La petite fille rayonnait. Oscar offrit son cadeau à Wendy. Un carnet à dessin avec un nécessaire d'aquarelle. Elle eut les yeux tellement brillants qu'il se demanda s'il n'avait pas fait une erreur. Elle retint une larme et lui murmura « merci, ça va m'aider pour notre secret ». Oscar sourit et hocha la tête.

Les cadeaux s'offrirent, des choses communes et des plus précieux, plus ciblés. La soirée était pleine d'émotion, de rires et de partage. Oscar remarqua qu'il ne manquait plus que son cadeau. Et la seule à n'avoir rien offert était Judy. Il ne put s'empêcher d'en être ravi. La curiosité le dévorait ainsi qu'une forme d'espoir. Elle s'approcha dans un drôle de silence bruyant. Oscar n'arrivait pas à savoir si tout le monde les regardait ou si chacun vaquait à sa propre vie. Il n'en avait que faire, seule la femme qui s'approchait de lui avec un paquet entre les mains l'intéressait.

Il ouvrit une boîte qui en contenait une autre, puis une autre, puis une autre. Il rit comme un enfant, gérant tant bien que mal sa frustration jusqu'à ce qu'il arrive à un morceau de papier plié plusieurs fois. Il posa les boîtes et le déplia.

Voici une autorisation formelle de venir quand bon te semble dans le cabanon. Si tu le souhaites, un cours de sculpture sera offert.

– T'as eu quoi ? s'emballa Wendy qui ne remarqua pas la tension entre les deux jeunes gens.

– Une invitation à un cours de sculpture.

Octavia siffla et Oscar rougit. La soirée fut magnifique.

Alors que toute la petite troupe finit par se disperser, Oscar se dirigea vers le cabanon éclairé.

Il toqua et poussa la porte du cabanon. L'intérieur l'émerveilla à nouveau, tous ces jouets et ces sculptures à la fois entassés et mis en valeur relevaient du magnifique. Il ferma la porte délicatement et fut content de constater la présence d'un second tabouret. Il s'assit, observant Judy travailler en silence. Contrairement à ses habitudes, il avait envie de parler, de poser mille questions, de découvrir l'autre. Pourtant il resta silencieux. Briser la magie le révoltait.

Il devait sourire niaisement, car quand Judy releva la tête, elle fit une grimace pour se moquer de lui. Il joua l'outré, mais n'osa toujours pas parler.

– Ce n'est pas ton fort hein, les grandes discussions.
– Je préfère parler quand j'ai des choses à dire, corrigea-t-il.
– Et quand t'as des questions ?

Il pencha la tête sur le côté, la sensation de tout faire de travers le faisait hésiter. Il détourna le regard et baissa les épaules.

– Hé, c'était pour rire.
– Ce n'était pas très drôle.
– Je suis moins drôle quand je suis nerveuse, avoua-t-elle.

Il écarquilla les yeux, véritablement choqué.

– Apprends-moi, demanda-t-il.
– Le bois ?
– Oui… et les sourires aussi.

Elle rit de bon cœur et l'atmosphère s'allégea. Un bloc de bois dans les mains, Oscar chercha une idée. Judy ne parla pas tout de suite, elle le laissa regarder autour de lui.

– Oui, voilà, tu fais d'abord la forme grossièrement, la forme que te demande de faire le bloc de préférence. Puis tu feras les détails. Tu as différents ciseaux à bois, si tu préfères, les couteaux de Noël sont dans la caisse là-bas.

Oscar se leva pour prendre la caisse, il choisit religieusement l'un d'eux et commença à tailler plus sérieusement. Il se surprit à apprécier voir le bois prendre forme. Il n'essaya pas de faire quelque chose de beau, simplement quelque chose de ressemblant.

– Quand tu auras fini, cela peut prendre plusieurs heures ou plusieurs jours. Il restera tous les détails : poncer, peindre, vernir. Assemblage en fonction.

– Je commence simplement. C'est noté.

Alors qu'il était très concentré sur son bonhomme de neige en bois, Judy se plaça plus près de lui. Sa respiration s'accéléra et sa concentration fut extrême pour continuer d'élaguer. Elle le fixait sans se cacher, un sourire malicieux faisant briller son regard.

– À quoi tu penses ? demanda Oscar.

– À un grinche qui sculpte un bonhomme de neige.

– Touché.

– Il est tard, je vais rentrer, demain il fera jour.

Oscar consulta l'horloge et fut surpris. Il n'avait pas vu le temps passer. Alors que Judy se faufilait vers la porte, il la retint. Tel un film romantique, dans une ambiance de Noël, les deux se dévoraient des yeux attendant que l'un ou l'autre se décidât. Oscar prit les mains de Judy, elle s'approcha de lui. Et enfin, sans besoin de branche de gui, ils s'embrassèrent avec tendresse, peur et passion.

Ils sortirent du cabanon, comme des adolescents transis d'amour et se souhaitèrent une bonne nuit en bas des escaliers. Sur un petit nuage, Oscar se blottit dans son lit. Tout se mettait en place dans son esprit.

À six heures cinquante-huit, Oscar descendit au petit déjeuner. Un chocolat chaud l'attendait déjà, encore brûlant. Il sourit comme un petit garçon. Judy arriva alors qu'il s'installait.

– Des gaufres monsieur Wiltur ?

– Avec plaisir mademoiselle Balastia.

– Moi aussi j'en veux ! clama Wendy.

La jeunette ne réalisa pas qu'elle coupait une séquence émotion et si Oscar sentit une pincée de contrariété, Judy explosa de rire et lui adressa un sourire qui valait tous les baisers du monde. En tout cas ce fut ce que pensa Oscar, vissé à sa chaise, le cœur battant la chamade.

L'heure de la révélation de la tradition du jour arriva si vite, qu'Oscar se demanda où filaient les minutes depuis la veille. Octavia s'activait avec toute sa joie et son air maternel.

– Mes chers vous, aujourd'hui c'est la tradition du biscuit ! Autant vous dire mon préféré. Je ne lirai pas les mots de Noël tant je les ai entendus. Ceux qui le souhaitent sont les bienvenues dans ma cuisine, il y a aussi le concours en ville et toute autre possibilité que vous envisagerez qui vous ferait passer un moment unique en famille ou entre amis avec des biscuits !

La petite troupe rit de bon cœur et chacun partit vaquer à ses activités. Judy s'approcha d'Oscar et il se demanda comment il était possible de bouillir à l'intérieur.

– La cuisine ou le concours ? demanda-t-elle.
– Ta préférence sera la mienne.
– Tu ne te mouilles pas trop là.

Il haussa les épaules et retourna dans la salle de repas. Il prit une carafe d'eau, plongea la main dedans et répéta le plus sérieusement possible.

– Ta préférence sera la mienne.

Judy rit aux éclats et se jeta à son cou pour l'embrasser. La main trempée, il ne l'enlaça que de l'autre et savoura sa chance.

Alors qu'ils sortaient pour aller s'inscrire au concours en équipe, une jeune femme impeccable au regard bleu océan s'approchait de l'Auberge. Oscar se figea tandis que Judy entonna son habituel :

– Bienvenue à l'Auberge de Noël, puis-je vous aider ?
– Bonjour, je cherche Oscar Wiltur.
– Maggie ? s'étrangla Oscar.

Judy regarda Oscar comme s'il était un étranger.

– Quel accueil beau gosse, c'est quoi cette tenue ? le moqua-t-elle.
– Qu'est-ce que tu fiches ici ?
– On est le 21 décembre et t'as rien envoyé à Anna.

Maggie posa un baiser claquant sur la joue d'Oscar, laissant une trace de rouge à lèvres. Elle lui donna sensuellement ses affaires et ordonna.

– Je squatte ta chambre.

Oscar se retrouva avec une valise dans les bras, le regard trahi de Judy et le sourire moqueur de Maggie à une vitesse vertigineuse. Il voulait refuser, envoyer Maggie balader, mais elle était jusqu'à sa venue ici sa seule amie.

– Judy, je te rejoins après avoir installé Maggie dans SA chambre.
– Bah alors beau gosse, s'amusa cette dernière, on ne veut pas partager son lit ?

Il regarda partir Judy qui marchait d'un pas lent et triste. Où était passée la jeune femme énergique et sautillante ? Qu'avait-il fait ?

– Qu'est-ce que tu fous Oscar ?

Il releva la tête et rejoignit Maggie. Le cœur en miette. Il alla au registre de l'Auberge et comprit qu'il ne restait plus aucune chambre.

– Bah quoi ? Tu n'es vraiment pas content de me voir ?

– Écoute Maggie, je n'ai pas envie de m'expliquer là maintenant. Je dois rejoindre Judy et il n'y a plus de chambres disponibles ici.

– On peut faire comme en Italie.

– Non, on ne peut pas.

Oscar s'énerva, haussant le ton, chose que Maggie n'avait jamais vue. Elle quitta son sourire et son air hautain autoritaire pour dévisager son collègue. Octavia débarqua au même moment.

– Hé gamin, qu'est-ce qui t'arrive ? Oh bonjour, bienvenue à l'Auberge de Noël. Où est Judy ?

– Elle est partie au concours de maison en pain d'épice, soupira Oscar.

– Et pourquoi t'es encore là ?

– À cause de moi, visiblement. Enchantée, Maggie Lebon.

Octavia leva les mains en faisant des signes de volutes qui s'envolent.

– Oscar, tu files la retrouver.

– Je ne suis pas certain qu'elle soit ravie de me revoir…

– Tu y vas, illico presto. Et vous jeune femme, on va vous trouver où dormir et vous me raconterez en détail ce qu'il s'est passé.

Oscar ne s'étant pas fait prier se retrouva rapidement devant l'affiche du concours de maison en pain d'épice. Il s'approchait du stand d'inscription quand Capucine l'aborda.

— Alors, on fiche notre Judy en rogne.

Il resta silencieux, bien assez mal comme ça.

— Allez, je suis certaine que c'est rattrapable. File la rejoindre. Je vous ai inscrit en équipe.

— Elle le sait, grimaça-t-il.

— Vas-y.

Il entra dans le local et observa tous les duos : parent-enfant, amoureux, amis... Et là, au fond, Judy, seule devant sa maison avec ses yeux noisette qui retenaient des larmes. De tristesse ou de colère probablement. Oscar avançait au ralenti, il ressentait une envie de courir, de la serrer fort contre lui, de tout lui expliquer. Mais expliquer quoi exactement ? Maggie était comme ça, ils avaient eu une sorte de jeu pendant les voyages du journal, pour qu'ils ne se fassent pas approcher par des inconnus. Mais Maggie y jouait tout le temps. Il s'en fichait. Jusqu'à maintenant. Comment dire ça à Judy ?

Elle leva les yeux et le vit s'approcher. Elle se tendit comme un arc et ferma tout son visage. Il fut choqué de voir ça sur elle, il comprit ce qu'il montrait au monde habituellement. Judy avait tout changé. Il fit un signe de tête pour demander l'accord de venir à côté d'elle, elle acquiesça en pinçant les lèvres.

— Je suis désolé, murmura-t-il.

Elle haussa les épaules.

— Le concours va commencer, on a une maison en pain d'épice à faire.

Il la dévisagea. Perdu.

— Je... je ne suis pas doué pour exprimer les choses. Je...

— La maison en pain d'épice, le coupa-t-elle.

Il sentit sa gorge se nouer, son ventre se recroqueviller sur lui-même. Tout en lui se ferma alors qu'il se hurlait de se laisser une chance. Le petit Oscar à l'intérieur du grand pleurait à chaudes larmes. Il criait en boucle à l'injustice qu'il aimait Judy, qu'il ne voulait pas disparaître à nouveau.

Le pain d'épice arriva et le compte à rebours débuta. Deux

heures. Ça paraissait beaucoup trop long et beaucoup trop court. Avec une Judy joyeuse, Oscar s'imaginait rire et faire la plus rayonnante des cabanes. Avec la Judy triste, il ne savait pas comment s'y prendre. Elle le décontenançait complètement.
– On fait quoi ?
– On décore.
– On doit prévoir un plan, une forme. T'as une idée ?
– J'en avais une, jusqu'à ce matin.

Oscar prit une feuille et dessina. Il proposa quelque chose que la Judy dont il était tombé en amour aurait aimé. L'usine du Père Noël. Il dessina même les lutins en action et les rênes qui attendaient près du traîneau. Il lui présenta son idée, inquiet. Un éclair de plaisir de surprise brilla dans son regard mais elle dissimula son sourire.
– D'accord. Tu découpes ?

Oscar obéit, il voulait juste lui faire plaisir. Regagner assez de confiance pour mériter une conversation. Pour mériter une chance. Pour entrer encore dans le cabanon derrière l'Auberge.

Ils travaillèrent efficacement et en silence pendant toute la première partie des découpes. Ils se chamaillèrent sur certaines couleurs, se découvrant une farouche envie de bien faire. Les problèmes laissés de côté le temps d'une œuvre folle. Ils s'amusaient et c'était beau à voir. L'assemblage leur donna du fil à retordre. Il tenait pendant qu'elle posait et ajoutait du chocolat pour tenir, ou autre chose bien sucrée qui colle. Quand ils eurent fini, une minute avant le gong final, Oscar regarda leur usine de jouets avec les yeux brillants et le sourire d'un enfant. Il se sentait revivre avec Judy. Il la regarda, transi d'amour et de joie et vit un instant seulement cet amour partagé puis la froideur glaçante de son visage fermé.

Il tendit la main, elle la lui rendit, méfiante.
– Merci pour ce travail d'équipe. C'était magique.

Elle hocha la tête puis le fixa intensément. Il ne lâcha pas sa main.
– Après le concours, je voudrais qu'on parle.
– J'ai des choses à faire après le concours.
– Si on gagne, j'ai droit à dix minutes de ton temps.

Il fit son air canaille, qu'il avait découvert avec Wendy et Judy ne put résister et obtempéra.

Alors que le jury passait de réalisation en réalisation, tous les participants faisaient de même et remplissaient également leur fiche de note. Il y avait deux prix, celui du jury et celui des participants. Évidemment interdiction de voter pour sa propre création.

Oscar s'émerveilla des maisons, des bibliothèques, des villes, des églises et vota pour la création de Wendy et son papa : la tour des rêves. Très poétique. Le jury délibéra et les votes furent annoncés :

– Le prix des participants est décerné… à La Tour des Rêves ! Bravo à Wendy et Thomas pour leur superbe création. Le prix du Jury maintenant… nous avons beaucoup hésité, quels talents cette année. La victoire est à L'usine du Père Noël !

Oscar prit Judy dans ses bras dans un élan de joie qu'elle lui rendit un instant. Il la lâcha et dans un sourire filou il rappela qu'elle lui devait dix minutes.

– Très bien, ce soir, après le repas.

Sur le chemin du retour, Oscar oscillait entre morosité et joie. Le concours avait été un moment incroyable, et malgré sa colère, Judy s'était avérée être une partenaire formidable. Ils formaient un vrai duo, une équipe de choc. Et il espérait qu'elle l'écouterait ce soir. Il se demandait comment tout avait pu basculer aussi rapidement. L'idylle avait été de courte durée.

Sur le pas de la porte, il hésita. Il n'avait aucune envie de voir Maggie, mais réalisa que de la compagnie ne serait pas de refus. Cela l'étonna de lui-même. Une voix retentit à l'intérieur.

– Reste pas planté dehors gamin, tu vas encore te faire bousculer !

Oscar sourit comme un gosse et tira la porte. Il se faufila à pas de loup dans la cuisine, comme un petit dans les bras de sa mère. Il devenait fragile et pour une fois, il trouvait ça enrichissant. Il se lava les mains et enfila son tablier. Présence n'équivalait pas forcément à discussion. Octavia se taisait, donnant simplement des directives.

Il travailla sans broncher jusqu'au repas du midi, fit la vaisselle et même Octavia finit par l'envoyer balader.

– Prends ça et va discuter avec ta Parisienne.
– Tatie Octi… je, ce n'est pas… enfin.
– Je sais bien gamin. T'as les yeux chamallow avec ma nièce et le regard noir à l'évocation de la princesse. Mais avant tout tu dois clarifier. J'ai causé avec la petite, c'est une gentille.
– Oui. Je ne sais pas quoi lui dire.
– Et si tu lui racontais tes jours ici.
– Comment ça ?
– Raconte-lui Noël, raconte-lui Suzammen. Raconte tes contes.

Oscar la regarda comme si elle disait la blague la moins drôle de tous les temps.

— Essaie au lieu de faire cette tête d'ahuri. Allez, sors de ma cuisine, même moi j'ai besoin d'une pause de temps à autre.

Oscar erra dans l'Auberge, frôlant les murs, reculant au moindre bruit. Il cherchait à éviter de se retrouver face à Judy. Il se réfugia dans la bibliothèque et esquiva tout support d'écriture. Il prit un livre et s'échappa de la réalité.

— Tout porte à croire que tu m'évites Don Juan.

Oscar leva le nez de son livre en grimaçant. Il se sentait bête et en colère. Il se laissa quelques secondes pour comprendre ce qu'il se passait en lui. Il se releva et toisa son amie.

— Il me semble avoir été clair au sujet de ce surnom. Et oui je t'évitais.

— Waow, t'as fait une phrase super longue !

— Maggie, je ne rigole pas. Tu peux me prendre au sérieux, juste cinq minutes ?

Elle haussa les sourcils et fit un de ses sourires ravageurs.

— Donc tu peux être en colère et je t'ai vraiment froissé.

— Oui.

Oscar se tenait droit, toujours très frustré de la situation, ne sachant pas comment se comporter.

— Viens faire un tour. Explique-moi.

Ils marchèrent silencieusement jusqu'à un parc et Oscar se lança.

— On s'est embrassé, hier.

— Oh, Octavia a omis ce détail.

— Elle n'était pas là.

— T'es mordu ?

Oscar fit une moue gênée et reprit sa marche. Maggie vint le prendre par le bras et le félicita.

— Oscar c'est une bonne chose. Tous les paris étaient sur moi, mais je m'en remettrai.

— Sur toi ? Mais qu'est-ce que tu veux dire ?

— Oh voyons, même Bob croyait qu'on sortait ensemble et Anna me déteste.

— Tu te moques de moi !

— Pas du tout, même si j'ai toujours su que je ne serais qu'une amie. Et j'aimerais en être une bonne. Je repars à Paris ce soir.

– Mais non voyons. Profite de l'Auberge au moins une nuit. Si t'es une vraie amie, il faut que tu rencontres le vrai moi non ?

Maggie lui sourit, elle était sublime, pourtant le cœur d'Oscar se serra. Elle lui prit les mains et le força à la regarder.

– Oscar, t'es un beau mec et visiblement un mordu de Noël. Au journal, je l'ai à peine aperçu à travers ton armure. T'es souriant, t'es vivant. Si elle ne le voit pas, elle est stupide.

Judy passa à côté d'eux à ce moment-là. Elle observa les deux amis mains dans les mains, les lèvres pincées et les yeux au bord des larmes. Elle bouscula Maggie et se mit presque à courir.

– Judy ? Judy, attend !

Maggie encouragea son ami à la rattraper.

Il fallut de longues enjambées à Oscar pour attraper le bras de Judy. Elle s'arrêta et le regarda en laissant couler les larmes sur ses joues.

– Qu'est-ce que tu attends de la stupide Judy ?
– De quoi tu parles ?
– Ta bimbo là, elle vient de dire que je suis stupide non ?
– Ah ça, oui d'une certaine façon.
– Va-t'en.

Judy se retourna et le laissa en plan. Il se tortilla ne sachant pas comment rattraper la chose.

– J'ai toujours dix minutes ce soir !

Elle ne prit pas la peine de répondre, il prit ça pour un oui.

Le repas fut entrecoupé de questions de Wendy, de rire de Maggie et de tension dans le ventre d'Oscar. Il passait en boucle ses phrases pour ce soir. Il voyait dans l'attitude de Judy qu'il avait perdu ses dix minutes. Il tenterait le tout pour le tout. Alors que chacun repartait vaquer à ses occupations, Oscar se dirigea droit vers le cabanon. Puis il attendit. Il n'y avait pas de lumière dedans. Il ne se sentait pas légitime d'y entrer. Alors que la nuit rafraîchissait considérablement l'air, il commença à avoir des doutes. Raph était venu lui apporter un plaid et un café brûlant pour lui souhaiter bonne chance puis était rentré chez lui.

Il attendit encore, se demandant si Judy n'était pas déjà partie se coucher. Il se mit à faire les cent pas. Puis la silhouette de Judy

apparut enfin. Il en resta muet.
– Tu as dix minutes.
– Pardon Judy.

Rien d'autre ne sortit. Il se sentait trop bête, il se demanda comment dire les choses.

– Si tu ne dis rien, je ne vois pas pourquoi je resterais.
– Reste. S'il te plaît.

Elle le regarda avec une intensité qu'il n'arriva pas à décrire.

– Maggie est une amie du journal. Elle est ma barrière à fille. Elle ne savait pas pour hier soir. Elle est un peu…
– Hautaine ?
– C'est un genre qu'elle se donne. Si tu veux.
– Donc toi et elle, c'est ?
– Une amitié. Juste une amitié.
– Bien. Bonne nuit alors.

Judy battit en retraite et il lui souhaita à son tour. Le cœur en miette.

— Aujourd'hui c'est l'illumination du sapin ! s'enthousiasma Wendy à la table du petit déjeuner.
— Oh ça doit être très beau, sourit Maggie.
— Tu vas venir le voir ?
— Non, je vais rentrer chez moi, j'ai fait assez de bêtises pour le moment.

Oscar leva un sourcil et soupira devant son chocolat chaud. La préparation avait perdu de sa magie. Il ne méritait plus les petites attentions de la maîtresse de l'Auberge. Tout s'écroulait, il se demanda s'il ne devait pas vendre le bien de son oncle à Judy et Octavia. Raph lui posa la main sur l'épaule et lui montra la petite fille du doigt.

— Oscar, tu es avec nous ?
— Oui, oui.
— Tu viens pour le sapin toi ? De toute façon t'as pas le choix, t'es obligé non ?
— Obligé ?
— Bah oui. Judy elle va t'attendre c'est sûr.

Oscar sortit de table, en faisant une grimace.

— Bah quoi ? s'étonna Wendy.
— Il y a des histoires d'adultes qui peuvent être compliquées, expliqua Maggie.
— Ce n'est pas compliqué. T'es l'amoureuse d'Oscar toi ?
— Non, je suis juste une amie.
— Alors Judy, elle peut être son amoureuse.
— Oui, c'est juste que…
— Alors ce n'est pas compliqué. Hein Judy ?

La jeune rouquine avait viré au rouge, elle acquiesça. Plus mal à l'aise, ça semblait difficile. Les parents de Wendy l'invitèrent à aller s'habiller pour sortir et s'excusèrent auprès de la jeune femme.

Maggie s'approcha à son tour de Judy.

– Vous savez, je ne l'ai jamais vu aussi expressif qu'ici. Je suis vraiment désolée pour l'accueil, j'ignorais totalement qu'il… que vous…

– Laissez tomber.

– Ce n'est pas mon genre, je suis venue de la part de la rédactrice en chef pour qu'il écrive son article, je ne m'attendais pas à le trouver épanoui quelque part. C'est une belle personne sur qui on peut compter. Alors je tiens à vous présenter mes excuses. Sur ce, je rentre à Paris.

Judy la regarda un peu surprise, cette femme était si belle, si existante, si sûre d'elle. Maggie se sentait petite et horriblement ordinaire. Elle murmura :

– Vous avez dit que j'étais stupide…

– Ahah, quand on entend que la fin d'une phrase, on s'imagine des choses. J'ai dit que si vous ne voyez pas qu'il est fou de vous, vous étiez stupide. L'êtes-vous ?

– Oh merde !

Oscar se tenait avec sa valise devant chez Raph, il se sentait incapable de rester plus longtemps. Il lui fit ses adieux en souhaitant tout le bonheur du monde à cet ami retrouvé et sa femme. Il leur demanda d'embrasser Octavia pour lui.

– T'es sûr ?

– Oui, je vais aller finir mon article et rentrer. Tu pourras donner ça à Judy ?

Sur le quai de la gare, Oscar monta dans son train, rejoint rapidement par Maggie.

– Je pensais que t'allais rester à Suzammen.

Il se mura dans un silence qu'il ne fallait pas briser. Le Oscar joyeux et souriant était resté à l'Auberge. Le glacial journaliste de cinéma était de retour. Maggie respecta le mutisme de son ami tout en le déplorant.

Le téléphone d'Oscar sonna en boucle, différents noms se succédaient. Anna. Judy. Anna. Judy. Raph. Il ne daigna même pas le regarder. Il ferma les yeux et ne les rouvrit qu'une fois arrivé. Il prit le taxi avec Maggie et se fit déposer chez lui en second.

Dans son appartement, Oscar se renfrogna plus encore, il se maudit d'avoir fait tomber sa carapace. Devant le miroir de l'entrée, en retirant sa veste, il se fit une moue réprobatrice en voyant son pull de Noël. Il posa le courrier sur la table et s'installa dans son fauteuil pour écrire. Il consulta ses mails et ses messages. Il esquiva tous ceux de Judy et prit le temps de répondre à Anna.

Il rédigea ce qu'il avait vu, se décentrant totalement. Il n'y avait rien d'émouvant, rien d'assez émouvant. Il se contenta de parler de tradition, de famille. Il se perdit dans une esquisse de pas grand-chose, refoulant tout au fond de lui. Il envoya le tout à Anna. Il ne restait qu'un jour, il ne ferait pas mieux. Il n'aurait pas la promotion. Il n'en voulait pas. Il ne voulait pas non plus de son travail, de son appartement, de sa vie qu'il trouvait soudain misérable.

Il chercha du réconfort dans son placard, de quoi faire un chocolat chaud et s'agaça. Laissant sortir enfin toute sa frustration, il pleura devant un placard vide.

Le 23 décembre son réveil sonna à 6 h 30 comme tous les matins. Il émergea du canapé et zona. Il ne ressemblait à rien de ce qu'il connaissait de lui. Sa première pensée fut la déception d'avoir raté l'illumination du sapin et il se demanda ce que pouvait être la tradition du jour. Il ne réalisa pas tout à fait qu'il envoyait un message à Raph pour le lui demander. Tout à l'intérieur de lui criait qu'il fallait y retourner. Pas que pour Judy. Il se sentait vivant là-bas, utile.

Réalisant qu'il n'avait rien à faire de la journée, il prit son courrier. Il remarqua alors une enveloppe plus grosse que les autres. Il la retourna et vit qu'elle venait de Noël Wiltur. Il avait prévu ça aussi.

– Mais t'es le Père Noël ou quoi ?

Il râlait et riait en même temps, s'empressant d'ouvrir le paquet comme un enfant.

Mon garçon,

Voici ton premier Noël sans moi et malgré tout j'imagine ce qu'il peut représenter pour toi. Oh tu peux faire ton dur sans cœur. Je te connais jeune homme, tu as toujours été un tendre. Un vrai, un au cœur chamallow et au romantisme collé au corps. Mens-toi si tu veux, mais tu peux me l'avouer à moi, maintenant que je suis mort. Non ?

– Oui, je peux, murmura Oscar.

Voilà qui est fait. Oui je devine tout à l'avance, comme quand tu avais cinq ans. Oui je t'aime toujours autant. Oui j'aimerais que tu gardes l'Auberge. Mais surtout, j'aimerais que tu écrives tes histoires et que tu sois heureux. Joyeux Noël à toi, le seul fils que la vie ne m'ait jamais donné.

22 décembre.

Judy tournait en rond depuis la conversation avec Maggie. Elle avait raté Oscar à la gare et se sentait bête. Il avait été honnête. Il avait été maladroit. Il avait été foutrement attachant le bougre de grinche.

— Tu n'as rien de mieux à faire ?
— Oh Tatie Octie. J'ai merdé.
— Ça on peut le dire oui.
— Comment je rattrape ?
— Ah ça, c'est à toi de trouver.

Judy allait se lancer dans la complainte de la jeune femme malheureuse et éplorée quand Raph toqua à la porte de la cuisine.

— Mesdames, j'ai une double livraison pour vous !
— Double ?
— Un paquet pour Judy et une petite Wendy pour Tatie.

Judy s'installa à l'accueil avec son paquet, s'attendant à une énième demande de promoteur ou banque. Puis elle remarqua que seul son nom était écrit sur l'enveloppe. D'une écriture qu'elle ne reconnaissait pas. Pourtant elle lui rappelait quelque chose. Elle hésita et se plongea dans le livre de compte. Oui c'était presque la même graphie que Noël.

Elle décacheta l'enveloppe avec une certaine appréhension, il y avait dedans une lettre et des dessins. Ses yeux se brouillèrent de larmes avant même qu'elle puisse bien observer ce qu'elle tenait dans ses mains. Elle ne se retint pas, pleurant comme une petite fille, avec la bulle au nez. Pour éviter que les clients ne la vissent dans cet état, elle alla se réfugier dans son cabanon. Elle étala les dessins devant elle, retenant une nouvelle vague de larmes. Ils étaient loin d'être parfaits ou beaux, mais ils avaient le mérite d'être très explicites, très parlants. Presque qu'autant qu'une belle description. Elle prit la lettre, vérifiant ses suppositions, la signature était bien d'Oscar.

Chère Judy,
Voici ma fabrication pour le jour des traditions. Cela n'est qu'une esquisse, qu'une ébauche, mais elle est mon plus beau projet. Mes histoires n'auraient aucun sens sans un lieu comme celui-ci. J'y ai trouvé plus que de l'inspiration, j'y ai trouvé mon cœur. La plus belle rencontre de ma vie s'est faite réellement ici, j'espère être aussi fort que mon oncle pour cela. Je parie que tu es au milieu de tes œuvres, de tous ces petits bouts de toi que tu as fait sortir du bois. Voilà, mes dessins sont simplement là pour te proposer un projet fou, pour te dire à quel point je crois en toi.
J'aurais aimé que tu veuilles de moi.

– Judy !! On t'attend pour aller à l'illumination du sapin.
– J'arrive Tatie Octi. J'arrive.
Judy se bataillait avec la joie et la culpabilité. Les remords la hantaient et Oscar qui ne répondait pas au téléphone. Il devait revenir, il savait qu'elle ne pouvait quitter l'Auberge ces prochains jours. Qu'elle faisait vivre les traditions, qu'on avait besoin d'elle ici. Se persuadait-elle ? Non. Elle était essentielle ici, même Noël le lui avait dit. Quel souk dans son esprit. Elle enfila son bonnet et prit une caisse de chocolat chaud pour l'illumination. Raph porta la seconde et Octavia les biscuits. Une Wendy sautillante guidait la troupe des résidents de l'Auberge. Les habitués, les amis de passage, ces gens qui changeaient leur vie par leur venue. Et l'Auberge le leur rendait bien. Ceux qui avaient vécu un Noël chez Noël à Suzammen en vivaient d'autres.

Ils se tenaient tous là, Mia s'était déplacée avec son énorme ventre. Judy se réjouissait de voir son amie. Elle brûlait de parler à tout le monde. Elle le ferait après le repas. Elle regretta l'absence d'Oscar. Elle devinait que sa tradition favorite était celle du sapin qui s'illuminait. Elle l'avait compris dans son conte des douze traditions et Noël le lui avait soufflé. Voir les yeux des gens briller, les familles se serrer les unes contre les autres, s'unir pour chanter. Réunir autant de gens pour un moment si court, rendre tout cela spécial.

— C'est dommage qu'Oscar ne soit plus là. Ce n'est pas pareil sans lui, soupira Wendy.

— Je suis d'accord, dit Judy.

— Il devait lire le conte de Noël. Et en plus j'avais encore besoin de lui pour ma fabrication. C'est ta faute s'il est parti.

— Chérie, ne dit pas ce genre de chose, tu ne sais pas ce qu'il s'est passé et cela ne te regarde pas, tempéra son papa.

— Non, non, elle a raison.

Judy se baissa à la hauteur de la petite fille.

— Je suis malheureuse qu'il soit parti et je vais tout faire pour qu'il revienne d'accord ?

— D'accord ! Tu vas faire quoi ?

— Je ne sais pas encore. Ou peut-être que si. Je vais avoir besoin de toi !

— Alors là ça m'intéresse, chantonna Wendy.

— Demain matin, après le petit déjeuner, rendez-vous au cabanon.

— Le cabanon interdit derrière l'Auberge ?

— Oui. Il est temps de l'ouvrir.

Octavia prit Judy par le bras et posa sa tête sur son épaule. La rouquine savait que ce geste parlait pour elle. Sa façon de dire je t'aime. Sa façon de dire qu'elle était heureuse d'être avec toi. Sa façon de dire :

— Je suis fière de toi.

— Oh Tatie… et voilà les larmes qui reviennent, pleurnicha Judy.

— Les larmes sont le reflet de ton âme. Accueille-les.

Judy se serra contre sa tante.

— J'ai un truc énorme à vous annoncer. Plan d'attaque ce soir avec Raph, Mia et Oscar.

— Et Oscar ? s'étonna Octavia.

— D'une certaine façon oui.

Elle garda un air mystérieux jusqu'à la fin du repas, se retenant de sautiller partout. Alors que tous les clients s'en allèrent dans leur

chambre, Judy héla Wendy.
— Demain matin, tu n'oublies pas d'accord ?
— Oui Judy. Pour faire revenir Oscar !
— Exactement. Mets ton plus beau ruban, lui chuchota-t-elle en faisant un clin d'œil.
Elle regarda la petite fille rejoindre ses parents, les yeux pétillants de malice. Cette gamine était incroyable. Un don du ciel.
— Maintenant à nous les amis, on débarrasse et je jacasse !

Étalés sur la grande table de l'Auberge, les dessins d'Oscar s'exposèrent aux yeux de tous. Judy s'électrifiait, s'enthousiasmait. Il y avait tant de passion en elle qu'elle étincelait.

– Qu'est-ce que ça veut dire ? demanda Mia.

– Qu'il a vu ses jouets et qu'il veut en faire quelque chose, expliqua Octavia.

– Ses jouets ? C'est quoi cette histoire ?

Judy sortit d'une boîte quelques-unes de ses créations. Raph et Mia ne les avaient jamais vues, associant Noël aux figurines de bois dans l'Auberge. Elle s'expliqua.

– Il m'a appris, c'est devenu une passion. Le cabanon c'est l'atelier. Il devient trop petit. J'avais peur de faire quelque chose de tout ça…

– Mais Oscar t'a aidé à y voir plus clair.

– On peut dire ça, soupira Judy.

Ils regardèrent ensemble les dessins, les modifications que cela apporterait à l'Auberge, les événements qu'ils pourraient créer. Ils parlèrent jusqu'à ce que la lune disparaisse derrière les toits puis chacun alla se coucher des étoiles plein les yeux, des rêves plein les poches.

Au petit matin, Judy n'essaya pas d'appeler Oscar, mais prépara son chocolat chaud. Elle le prit en photo, hésita à lui envoyer. Se ravisa. Elle se sentait si pleine et si vide en même temps que ça lui coupait le souffle par moments. L'intensité. Elle vivait tout avec intensité et elle qui pensait savoir ce qu'aimer signifiait réalisa qu'elle était loin du compte. Elle attendait les pensionnaires pour le petit déjeuner, guettant la petite Wendy, qui ne tarda pas. Elle avala son lait et ses tartines pour rejoindre le cabanon en mini pile électrique.

Judy laissa Raph à l'accueil et s'empressa d'ouvrir son jardin secret. Quand la petite fille entra dans l'atelier elle poussa un souffle admiratif puis pointa du doigt tous les jouets un à un, poussant des oh et des ah enjoués ! Elle s'arrêta devant une décoration de Noël en forme de lutin malicieux.

– Prends-la, l'invita Judy.

– Vraiment ?

– Oui, ces objets sont secrets depuis trop longtemps.

– Mais ils sont trop beaux pour être secrets ! Toutes mes copines aimeraient avoir des jouets comme ça. Et même mon papa voudrait le train, ma maman la boîte à musique. C'est trop beau Judy !

– Merci, chuchota Judy.

– Bon alors, on fait quoi pour Oscar ? Les jouets, ça le fait revenir comment ?

Judy sourit comme une gamine et invita la petite Wendy à prendre un morceau de bois, à manier les outils. Elle réalisa comme elle aimait apprendre, transmettre, partager sa passion. La petite s'avérait une élève assidue et intéressée. Judy prit des photos. L'émotion la submergeait. Sans lui, elle n'aurait jamais ouvert son jardin secret. Sans lui, elle se demanderait comment il allait faire cette année. Sans lui, elle aurait vécu dans la tristesse de l'absence de Noël. Et elle l'avait fait partir.

Les deux compères revinrent dans l'Auberge plusieurs heures plus tard, la table de repas de midi, déjà installée.

– Judy ! On a raté la tradition du jour !

– On est le 23, c'est chocolat chaud.

– Celui où on doit emmener quelqu'un boire notre chocolat chaud préféré ou le lui préparer ?

– Celui-là même.

– Alors tu dois prendre le train, y'a que toi qui sait faire le chocolat chaud préféré d'Oscar, il me l'a dit.

– Peut-être qu'il viendra le prendre.

– Faut qu'on lui dise que c'est la tradition du jour !

La mère de Wendy libéra Judy des idées de sa fille qui ne tenait plus en place après s'être concentrée toute la matinée.

Dans la cuisine de l'Auberge, Raph préparait du chocolat chaud. Judy s'installa à côté de lui en silence, l'observant intensément.

– Qu'est-ce que je peux faire pour toi ?
– Appelle Oscar.
– Il ne me répond pas.
– Essaye encore.
– Judy, il a sûrement besoin de temps pour. Attends pourquoi t'insistes autant ?
– Je voudrais qu'il voie ces photos…

Elle lui tendit son téléphone, Raph sourit et lança un appel. Il fronça les sourcils, ça n'avait même pas sonné.

– Éteint.
– En journée ? C'est surprenant de sa part. Oh non !
– Quoi ?
– C'est aujourd'hui qu'il devait rendre son article…

Raph regarda Judy comme si elle disait quelque chose de stupide puis devint suspicieux.

– Quoi monsieur je sais tout ? Qu'est-ce que j'ignore ?
– Il n'en a plus rien à faire de son article. Il n'avait même pas envie de rentrer à Paris. T'es vraiment aveugle toi.

Judy rougit comme jamais, s'excusa, bafouilla et répéta.

– Il doit voir ces photos.
– Il n'y a qu'une personne qu'il écoutera encore.
– Tu ne penses pas à ça ?
– Oh si je pense à ça.

Judy se sentait comme une voleuse en entrant dans le bureau de Noël, elle entendait déjà la grosse voix de sa tante qui la réprimandait enfant. Raph possédait le même air canaille qu'Oscar, ce qui l'amusait beaucoup. Elle était la dirigeante de l'Auberge, mais ne se sentait pas légitime d'entrer dans le bureau de Noël. D'une certaine façon, elle se trouvait ridicule.

– Où est son téléphone ?
– Aucune idée, fouille.

Ils retournèrent le bureau, les tiroirs, les placards et finirent par trouver sous un coussin de fauteuil ledit objet désiré.

– Bon la batterie maintenant, déclara Raph.
– Hé Raph regarde ça…

Judy tenait dans ses mains un carnet en tout point semblable à celui d'Oscar. Elle hésita à l'ouvrir, encouragée par son ami, elle retira l'élastique et s'arma de courage.

Les premiers mots étaient de Noël

Au fils que la vie m'a donné, suis tes rêves, écris tes histoires. Le monde en a besoin.

Elle sut qu'elle tenait dans ses mains le cabanon d'Oscar, le referma instantanément, elle n'avait pas été invitée à entrer.

– C'est bon, le téléphone, on écrit quoi ?

On était toujours le 23 décembre, Oscar venait de lire la lettre de son oncle et découvrit dans l'enveloppe un album pour enfant.

« Un Noël à la maison » de Noël Wiltur.

Il le regarda longuement sans l'ouvrir, il n'avait pas envie d'être tout seul. Il pensa à Judy. Il prit son téléphone et vit qu'il n'avait plus de batterie. C'était peut-être une bonne chose finalement. Il s'habilla, prit son carnet et le livre de son oncle puis sortit de chez lui.

Il déambula dans les rues jusqu'à trouver un café décoré à son goût. Ils étaient tous trop parisiens, trop chic, pas assez festifs. Il se demanda si un « Chez Paulette » aurait sa place dans les vies stressées et pressées des gens d'ici. Il finit par choisir un chocolat à emporter et alla s'asseoir au bord des quais.

Une jeune femme peignait au loin, un enfant courrait, une famille faisait une promenade. La vie sur les quais le matin plaisait à Oscar. Il fourra son nez dans son écharpe et ouvrit enfin le livre de son oncle.

– Alors pourquoi t'es tout seul ?

Le père de l'enfant apparut soudain, tempêtant.

– Mais Paul, ça va pas ? Je t'ai cherché partout, combien de fois je t'ai dit de ne pas disparaître comme ça et de ne pas parler à des inconnus. Excusez-le s'il vous a dérangé.

– Ne vous inquiétez pas, il ne m'a pas dérangé.

– Papa, le monsieur il pleurait. On ne laisse pas quelqu'un pleurer, si ?

Le père ne savait vraisemblablement plus où se mettre et Oscar le sauva.

– Merci, Paul, c'est bien ça ? Je suis content que tu sois venu me

voir, mais ton papa a raison de vouloir te protéger.
— T'es tout seul ?
— Plus pour très longtemps, ne t'inquiète pas. Tiens, je te l'offre.
Oscar lui tendit l'album, sourit au père et les laissa en plan. Il avait des choses urgentes à faire.

Chez lui, Oscar brancha son téléphone, prépara une valise qu'il laissa dans sa chambre puis ouvrit son ordinateur et écrivit de façon totalement compulsive. Il ne regarda pas les mails aux objets enragés d'Anna et lui renvoya son nouveau texte. Celui-là était bon. Très bon même, il en était sûr. Il envoya ensuite sa démission.
Il prit son téléphone, qu'il n'avait toujours pas allumé et alla sonner chez Maggie.
— Bonjour, Oscar, c'est un plaisir.
— J'ai besoin de ton aide.
— Tu m'intrigues.

Dans le train pour Suzammen, Oscar alluma enfin son téléphone. Il avait reçu tellement de messages qu'il le sentit vibrer pendant cinq minutes. Il consulta les mails, la joie d'Anna sur son article et sa tristesse pour la démission. Elle allait enfin le laisser tranquille.
Il vit les appels de Judy, ceux de Raph et un appel de Noël. Il cliqua sur le message de son oncle et supposa qu'on le menait en bateau. Étonnement ça lui plaisait. Il n'y avait que des photos dans le message, l'atelier de Judy, Wendy qui sculptait et la dernière, une planche gravée « L'Atelier de Noël » avec une autre dessous « ouvert ». Elle avait reçu ses dessins. Elle avait aimé l'idée.
S'il ne pensait pas rentrer à Suzammen pour Judy, il espérait qu'elle ferait partie de sa nouvelle vie. Il avait tout laissé à Paris et espérait ne pas avoir besoin d'y remettre les pieds avant un moment. Tout ce qui lui tenait à cœur était dans sa valise, le reste se trouvait déjà à l'Auberge. Il ne répondit pas aux messages. Il choisit d'appeler Octavia.
— Tatie Octi ?
— Oui mon garçon, tu vas bien ?
— On ne peut mieux, t'es toute seule ?
— Eh oui, il n'y a pas de beau mec dans ma cuisine pour m'aider. On m'a dit qu'il était à Paris.

– En réalité, mon train arrive dans deux heures.
– Je viens te chercher.
– Ne dis rien à personne s'il te plaît.
– Compte sur moi, de toute manière, je dois faire des courses pour le repas de ce soir…

À la gare de Strasbourg, sous la grande verrière, un homme en pull de Noël affreux attendait avec un sourire immense. Personne ne pouvait imaginer que dix jours auparavant, il se tenait au même endroit, en costume trois-pièces, l'air pressé et hautain. Il préférait de loin l'homme enjoué.

Une petite dame aux boucles courtes et blanches le héla avec un sourire immense, il se précipita vers elle et l'enlaça. Elle ne put réprimer un hoquet de surprise, mais se laissa aller à l'étreinte avec une joie non dissimulée.

– Qu'est-ce qu'il t'arrive mon garçon, le taquina-t-elle.
– Je rentre à la maison pour Noël. Je rentre à la maison tout court.
– J'en suis ravie… et il aurait été fier de toi.
– Je crois aussi.

Il raconta ses deux jours loin de Suzammen et sa prise de conscience, le projet fou avec Maggie et ses envies pour l'Auberge. Elle raconta les dessins, la joie de Judy, les questions de Wendy.

Ils arrivèrent guillerets et se faufilèrent dans le garage. Oscar y tenait, personne ne devait le voir pour le moment. Il devait mettre des choses en place. Octavia se réjouissait, elle était complice d'une belle surprise.

Alors qu'elle arrivait dans sa cuisine, elle trouva Judy et Raph en pleine conversation.

– Il n'a pas répondu aux photos.
– Tu crois qu'il ne veut plus entendre parler de moi ? se lamentait Judy.
– Bon on fait quoi alors ?

Octavia les coupa, en riant.

– On prépare le goûter !
– Tatie Octi tu es là, je.. On.. Tu as besoin de nous ?
– Tu me caches quelque chose jeune fille, la sermonna sa tante.

Elle savait très bien de quoi il s'agissait, mais elle avait un secret à garder. Pour le moment.

Oscar repensait son plan dans le garage, il se retenait de faire les cent pas afin de rester discret. Il se réjouissait que la tradition du jour soit le chocolat chaud, ça tombait merveilleusement bien. Il remercia mentalement son oncle de l'avoir remis sur son chemin. Il envoya un message à Maggie pour la prévenir que le moment serait bientôt là. Il repensait à tout ce qu'il avait laissé derrière lui, il se réjouissait d'avoir gardé Maggie, la seule personne qui avait su voir en lui à Paris.

Il n'avait pas quitté son travail sans aucune perspective d'avenir. Il y avait l'Auberge déjà, l'atelier de Judy ensuite, et puis son écriture. Tout se collait, enfin l'espérait-il. Il attendait patiemment le feu vert d'Octavia pour entrer en scène quand il entendit des pleurs. Il s'approcha de la porte du garage se demandant de qui il s'agissait.

— Tu te rends compte miss poupy, il va même pas voir le livre que j'ai fabriqué. En plus, il devait lire le conte de Noël et maintenant tout est fichu. Maman m'a même dit que bientôt on serait un de plus à la maison. ça veut dire quoi miss poupy ?

Oscar sentit tout son cœur se serrer, il toqua doucement à la porte. Il entendit les petits pas de la fillette s'approcher.

— S'il te plaît, ne fais pas de bruit, dis-moi si t'es toute seule.
— Oscar ? murmura la petite.
— Oui.

La petite n'attendit aucune consigne et se précipita dans le garage pour sauter dans ses bras. Elle pleurait encore de tristesse et de joie. Elle pleurait et ne demandait rien de plus qu'un gros câlin. Alors Oscar la berça jusqu'à ce qu'elle s'endorme contre lui. Il resta assis par terre, dans le garage, une petite fille endormie dans les bras en espérant que ses parents ne s'inquiètent pas trop. Octavia débarqua peu de temps après, il la regarda, confus, ne sachant pas trop comment se débrouiller pour réveiller ou déposer la fillette.

– Je vais chercher son père, ne bouge pas.

Il lui tira la langue et profita volontiers de ce moment inattendu que lui avait offert la vie.

Thomas arriva essoufflé, il soupira en voyant sa fille. Il sourit un peu naïvement et Oscar lui fit un signe de tête.

– Je n'ose pas bouger, elle a beaucoup pleuré.

– Ah ?

– Je l'ai entendue parler à miss poupy, elle était triste que je ne sois pas là pour son livre et le conte. J'allais la prévenir que j'étais revenu quand elle a ajouté que sa mère avait dit que bientôt vous seriez un de plus à la maison. Clara est enceinte ?

– Non, on a fait une demande d'adoption. Depuis plusieurs années.

– Wendy est… ?

– Oh non, c'est notre fille biologique.

Oscar sourit, il ne savait pas vraiment quoi dire, la situation était délicate. Thomas sourit à son tour et lui mit la main sur l'épaule.

– Merci d'avoir pris soin d'elle, je garde le secret aussi et je l'emmène dans sa chambre.

Oscar transféra la petite dans les bras de son père et sentit un pincement dans son cœur, il voulait faire quelque chose pour elle. Il proposa :

– Je pourrais peut-être lui écrire une histoire ? Sur ce qu'elle vit.

Thomas se retourna et le regarda avec un air étrange.

– Désolé, c'est une idée stupide.

– C'est une idée merveilleuse, vous feriez ça ?

– Écrire c'est ce que je fais le mieux et j'ai l'impression d'avoir une nièce ou quelque chose comme ça avec Wendy. Une sorte de petite sœur de la vie.

Thomas acquiesça et sortit du garage.

Oscar gribouillait des idées dans son carnet quand Octavia réapparut enfin. Elle regarda par-dessus son épaule et lui donna un petit coup sur la tête.

— On n'a pas le temps pour tes pattes de mouche, on a du chocolat chaud à préparer et un salon !
— Oui chef Octi, rit Oscar.

Elle l'embarqua dans sa cuisine, lui expliquant qu'elle avait envoyé tout le monde voir la chorale de Noël sur la place. Wendy rayonnait en sortant, lui précisa-t-elle en faisant un clin d'œil grossier.

— Elle est attachante cette gamine.
— Certains la trouveraient agaçante.
— Bah pas moi, je griffonnais une histoire pour elle.
— T'as pas assez de projets ?

Oscar haussa les épaules, il se sentait vivant. Le chocolat étant prêt, ils s'attaquèrent au salon. Des coussins au pied du sapin, un fauteuil au-devant, des petites tables. Ils arrangèrent tout pour le conte de Noël. Une entorse à la tradition, cela ne serait pas le 24 au soir cette année.

Alors que tout le monde rentrait petit à petit dans l'Auberge, Judy avait du mal à masquer son manque d'enthousiasme. Elle déplorait l'absence de réponse d'Oscar. Elle fut surprise de voir sa tante accueillir tout le monde avec un sourire des plus larges.

— Ma famille, mes amis, mes chers pensionnaires, je vous invite tous dans le salon, aujourd'hui la tradition c'était le chocolat chaud. Nous vous en avons préparé des litres ainsi qu'une surprise.
— Nous ? tiqua Judy.
— Nous ! sautilla Wendy.

Alors que la petite troupe retirait chaussures et vestes, de la musique se fit entendre. Judy laissa son petit monde aller dans le salon, elle avait un drôle de pressentiment, qui lui donnait envie de courir et de freiner en même temps. Elle avança au ralenti, n'osant pas voir. Ses oreilles eurent une réponse avant ses yeux.

— La tradition d'oncle Noël voulait que le conte soit le 24, je prends un soir d'avance cette année, si vous me l'accordez. Et pour demain soir, si cela vous intéresse, j'ai de grandes idées.

Judy alla s'asseoir avec les autres, sur les coussins, un sourire d'adolescente sur les lèvres. Il était revenu et il tenait sa promesse. Ce soir l'Auberge vivait un moment hors du temps. Le cœur de Judy s'enflamma tandis que celui d'Oscar accéléra. Il inspira et commença «L'homme au cœur de glace».

– Et l'homme au cœur de glace sentit son premier vrai battement de cœur. Il sut que sa vie commençait maintenant.

Toute la troupe assise sur les coussins resta silencieuse, certains émus aux larmes et d'autres émerveillés. Puis il y avait Wendy.

– C'est toi l'homme au cœur de glace ?

Oscar sourit, lui fit un clin d'œil, mais ne répondit ni par l'affirmative ni par la négative. Octavia profita de la question pour proposer à chacun un chocolat chaud. Wendy ne lâcha pas Oscar de la soirée, elle lui raconta le sapin, l'ouverture de la tradition le matin même et bien sûr elle lui parla de sa fabrication.

– C'est le bon moment pour l'offrir, tu ne crois pas ? On est tous là… questionna-t-elle.

– C'est ton cadeau Choupette, c'est comme tu as envie.

– Je vais le chercher ! Papa, s'écria-t-elle, j'ai besoin de toi.

Clara, la maman de Wendy vint retrouver Oscar tandis que Judy le regardait de loin tout en discutant avec Raph et Mia.

– Merci, Oscar, pour tout ce que vous faites pour elle, elle n'a pas d'oncle ni de tante. Elle s'est attachée à vous.

– Je n'ai pas de nièce, on y gagne tous les deux. Et si on se tutoyait ?

– Avec plaisir. Thomas m'a dit pour l'histoire, je pense qu'elle va adorer.

– Vous habitez où déjà ?

– Un peu loin, à 4 h de route, mais on vient tous les ans pour Noël.

– 4 h, ce n'est pas tant. Quand est l'anniversaire de la demoiselle ? Je ne voudrais pas le manquer. Elle fait partie de ma renaissance.

– Le 25 juin.

– Pile six mois après Noël. Je comprends mieux.

Alors que Clara souriait, la petite était revenue et avait bien entendu et écouté la fin de la conversation.

– Tu vas venir pour mon anniversaire ?

— Si je reçois une invitation en bonne et due forme, je n'y manquerais pas.

La fillette était aux anges, elle lui montra son paquet et pointa Judy du doigt. Oscar la suivit, tremblant, mais décidé.

Judy se retrouva au milieu de l'assemblée, l'œil brillant et le sourire impatient. Wendy se tenait à côté d'elle et fit un signe à Oscar.

— Mesdames et Messieurs, j'ai le plaisir de vous annoncer qu'il est l'heure du cadeau fabriqué de Wendy !

La petite fille se tenait bien droite, fière comme tout, rayonnante comme jamais. Elle trônait devant tout le monde, savourant son moment de gloire et faisant durer le suspense.

— Alors voilà, commença-t-elle, j'ai fait ce cadeau pour l'Auberge de Noël. Enfin pour Judy et son équipe, mais un peu plus pour Judy. Parce que sans elle, bah je n'aurais pas pu revenir ici. Noël me manque beaucoup. Ici, c'est magique et Judy fait les meilleurs chocolats chauds du monde. Le cadeau n'est pas pour Oscar, car il m'a aidée à le faire.

Elle tendit le paquet à Judy, comme s'il elle avait peur de le casser, peur de décevoir. On sentait qu'elle y avait mis tout son petit cœur. Oscar observa Judy qui l'ouvrait avec une grande délicatesse. Elle prit le livre et tourna les pages.

— Qu'est-ce que c'est ? demanda Octavia.

— Mon nouveau livre préféré, répondit Judy. Le conte des douze traditions écrit par Oscar et illustré par Wendy.

— J'ai aussi fabriqué le livre.

— Oh ma puce, c'est vraiment magnifique, merci. Je vais lui trouver une place toute particulière pour que toutes les personnes qui passent par l'Auberge le voient. C'est le plus beau des cadeaux qu'on m'ait fait depuis longtemps.

— Le plus beau t'es sûre ?

— J'en suis sûre.

Le câlin entre ces deux-là était digne d'un film de Noël. Le temps semblait ralenti, les larmes montaient aux yeux de chacun, les sourires s'intensifiaient. Il y avait dans l'air cette fameuse magie que l'on se ressent que lorsque notre cœur s'ouvre à ses possibilités.

Le livre passa de main en main jusqu'à enfin atterrir dans celles d'Oscar qui découvrit le travail fabuleux de sa nièce de cœur.

– Oh Wendy, c'est tellement beau.
– Merci Oncle Oscar.

Il dut faire une drôle de tête, car la joie déserta le visage de Wendy.

– Je ne peux pas t'appeler comme ça ?
– Oh si Choupette, bien sûr que oui tu peux.

Judy attendit que les regards se désintéressent d'elle pour s'évader vers son cabanon. Oscar remarqua le dernier regard qu'elle jeta sur lui avant de disparaître complètement. Il alla s'excuser auprès de Raph, Mia et Octavia, mais il avait quelque chose d'urgent à faire.

Il se retrouva dans la neige, devant le cabanon, à toquer à la porte avec deux chocolats dans les mains. Judy lui dit d'entrer, mais n'ouvrit pas. Il batailla avec les tasses et finit par la rejoindre. Elle le fixait, assise sur son tabouret avec son intensité habituelle. Elle tenait dans les mains une boîte. Une boîte qui ressemblait étonnamment à celle que son oncle lui avait transmise, où était gravé « ma tradition de Noël ». Il leva un sourcil interrogateur et elle lui tendit la boîte en silence.

Il la caressa du bout des doigts, les sculptures étaient aussi fines que de la dentelle. Il y avait une beauté infinie dans ces détails. Il remarqua un sapin par ici, un bonhomme de neige par là, une maison en pain d'épice et un chocolat chaud. Il l'ouvrit et trouva dedans une figurine qui représentait deux petits personnages qui s'embrassaient. Oscar la prit et reconnut un de ses pulls de Noël et l'écharpe infernale de Judy.

Toujours en silence, qui devenait presque pesant, il lui adressa ce qu'il espérait être un de ses plus beaux sourires. Elle murmura du bout des lèvres :

– Pardon.

Il déposa la boîte et s'approcha d'elle. Elle se releva en même temps et lui donna un coup de tête dans le nez. Les deux rirent aux éclats, se trouvèrent du bout des mains, se rapprochèrent de tout leur corps, se serrèrent du fond du cœur et s'embrassèrent passionnément.

Wendy courrait jusqu'à la table du petit déjeuner pour sauter dans les bras d'Oscar, matinal comme à son habitude.

– Oncle Oscar ! On est le 24 !
– Je sais Choupette.

— Faut que ça soit spécial ce soir, comme t'as fait le conte hier on va faire quoi ?
— On attend que tout le monde soit levé d'accord ? Je vous explique tout après.

La petite trépignait, mais capitula. Elle remarqua la tasse de chocolat chaud d'Oscar.

— Oh… je vois qu'on a fait la paix, le taquina-t-elle.

Oscar rougit et Judy apparut. Elle le prit en flagrant délit de gêne et explosa de rire. Wendy, contaminée par la bonne humeur, se mit à rire aussi, finalement rejointe par Oscar.

Octavia arriva à son tour, l'air enchanté et contrarié.

— Tatie Octi, ça va ?
— J'espère, Oscar, on t'attend à la porte.
— Oh, déjà ? J'y vais.
— Qu'est-ce qu'il se passe ? demanda Wendy.
— Vous me faites confiance ? répondit Oscar.

Les trois demoiselles hochèrent la tête, il leur sourit et fila à la réception.

— Maggie, t'es arrivée ! Je suis ravi que tu sois là.
— J'espère que Judy sera du même avis.
— On n'y arrivera pas sans toi.

Elle pouffa en levant les yeux au ciel. L'assurance qu'elle dégageait se mêlait si bien à sa beauté, qu'il était parfois difficile de cerner les deux.

— Maggie ?! s'étonna Judy.
— Bonjour, Judy, je suis heureuse de vous revoir.

Judy foudroya Oscar du regard et il tempéra immédiatement.

— Tu as dit que tu me faisais confiance. J'ai invité Maggie à faire partie de l'équipe. On a besoin d'elle pour l'atelier et pour mon projet.

— Je te fais confiance.

Judy regarda Maggie avec un sourire de tueuse et lui susurra.

— Bas les pattes, c'est mon mien.

— Et je te le laisse avec plaisir. Je les aime moins Wiltur.

Les deux femmes rirent devant un Oscar désappointé.

— Tout le monde est là, c'est le dernier jour des traditions. J'ai l'honneur de vous la présenter, car elle est l'une des plus chères à mon cœur. Il s'agit de la lettre au père Noël. Je vous propose d'écrire chacun aujourd'hui votre vœu de Noël, ce que vous souhaitez le plus. Chacun le mettra dans une enveloppe et ce soir, nous les mettrons tous dans le feu en chantant nos airs de Noël favoris.

— Et pour le conte ? L'interrompit Wendy.

— Ce soir, je vous propose un nouveau départ, une nouvelle tradition, le début de l'Auberge à la Judy et Oscar.

— Mais encore ?

— Attends ce soir et tu verras. Venez avec vos plus beaux pyjamas et vos plus beaux vœux.

Oscar finit de préparer le salon avec Octavia qui était sur le coup, rejoint rapidement par Raph. Ils rangèrent les décorations tandis que Judy avait été envoyée faire des courses de dernière minute. Notamment des pyjamas de Noël pour les derniers venus. Oscar avait hâte de découvrir le sien.

Le salon étant prêt, Oscar s'en alla dans le bureau de son oncle, il ne chercha rien en particulier, si ce n'est sa présence. Il trouva sur un fauteuil son vieux carnet. Il le prit et se mit à lire comme si sa vie en dépendait, il se fit interrompre par une Judy radieuse avec un paquet pour lui.

— Excusez-moi Monsieur Wiltur, vous avez un pyjama à enfiler.

Il décrocha de son propre roman, un peu essoufflé et encore plus sûr de lui. Il se leva, enlaça son amoureuse et fila mettre sa tenue. Ce soir serait un grand soir.

Clara, Thomas et Wendy se trouvaient devant la cheminée, Octavia parlait avec une Maggie passionnée, Raph et Mia se réchauffaient devant la cheminée et les autres pensionnaires arrivaient petit à petit.

Tous tenaient dans leur main, une enveloppe, ce qui rendit Oscar heureux. Il alla se placer devant la cheminée dans son pyjama rouge à motifs de bonshommes en pain d'épice. Il adorait le choix de Judy. Il fut ravi quand elle arriva. Elle portait le même pyjama, mais en vert. Ils faisaient une jolie paire.

– Il est temps pour nous de lancer nos vœux de Noël. Direction de Pôle Nord !

Et Oscar se mit à chanter Vive le vent à tue-tête, rapidement suivi par les autres.

– Oscar ! Pourquoi t'as tout déplacé dans l'Auberge ?

– Pour la deuxième partie de soirée. Judy m'a donné son accord, mais elle ignore ce qu'il va se passer. Nous allons ouvrir l'Atelier de Judy et chacun de ses jouets mérite une histoire, voici ce que je propose… Vous irez chacun à votre tour dans le cabanon, choisir un jouet ou une figurine, vous la ramènerez ici, lui trouverez sa place. Ensuite vous lui trouverez un nom et une histoire. Pour le reste c'est Maggie qui présentera la suite.

– Je ferai une photo de chaque jouet et nous retravaillerons chaque histoire avec Oscar pour créer un site internet pour l'Atelier. Plus que cela nous voulons qu'il ressemble à cet endroit, que si les personnes achètent une de ses figurines elle ait un peu de l'Auberge avec elle.

– Oh et j'ai une dernière surprise, pour Wendy. Est-ce que tu serais d'accord que l'on mette tes dessins sur le site internet ?

– Oh oui !

Judy regardait Oscar comme si elle ne l'avait encore jamais vu. Tout le monde s'activa avec plaisir, allant chercher une ou plusieurs de ses créations. Le repas de réveillon se fit dans la joie et la bonne humeur, d'anecdotes et d'idées pour les histoires. Les rires résonnèrent tard, mais chacun alla se coucher avant minuit afin d'être certain que le Père Noël passe réaliser leurs vœux.

Au pied du sapin, Oscar posa un tout petit paquet de dernière minute et un plus grand. Il n'y avait pas que le Père Noël qui pouvait faire des cadeaux. En ce qui le concernait, Oscar n'avait plus besoin de faire de vœux.

Au petit matin Wendy trouva un livre écrit juste pour elle qui racontait comment un ours en peluche s'était invité dans la vie d'une petite fille.

Octavia ouvrit un paquet avec un tablier aux plus beaux motifs de Noël, du jamais vu.

Raph et Mia rencontrèrent leur cadeau le plus précieux. Un petit garçon, qu'ils appelèrent... et non pas Noël, mais Noah.

Maggie reçut un ange sculpté.

Judy ouvrit un tout petit paquet avec un cœur de glace dedans et quelques mots déposés au fond de la toute petite boîte : tu as fait fondre le mien.

Oscar, lui, contempla toutes ces personnes qui lui étaient si chères et se sentit comblé.

– Oncle Oscar ! Tu n'ouvres pas ton paquet ?

Il se concentra sur ce qu'il avait entre les mains et ouvrit : un carnet tout neuf avec noté « pour le monde qui attend tes histoires ».

Un an plus tard à l'Auberge de Noël.

Oscar se trouvait à la réception quand Wendy déboula en courant.
– Oncle Oscar ! On est là !
La petite se précipita dans les bras de son tonton de cœur et il la porta jusqu'à l'arrivée de ses parents et de son petit frère.
– Il s'appelle Gabriel, un jour il sera assez grand pour écrire des histoires avec moi.
– Bonjour, je vous installe dans votre suite habituelle ?

Un peu plus tard, la petite fille dévala les escaliers. Elle avait un cours de sculpture dans trente minutes et avait pressé ses parents toute la matinée. Oscar la guida vers la nouvelle salle qui servait de magasin en plus de l'Atelier.
– Maintenant on peut venir faire des cours toute l'année ? Oh waouh, ça serait trop bien d'habiter ici.
– Quand tu seras plus grande, tu pourras venir travailler avec nous, si t'en as envie.
Wendy eut les yeux si brillants que cela fit rire Oscar. Il la laissa à son cours et alla pour donner un coup de main en cuisine quand Maggie le rattrapa.
– On ne bouge plus Monsieur Wiltur, on a un éditeur à satisfaire.
– Euh, je… pas maintenant ?
– Non après le déluge, les histoires des jouets ont trop bien marché Oscar, il veut un livre.
– Alors on va envoyer mon recueil de contes de Noël.

– Parfait !

À la tablée du soir, ce fut un petit comité, les seuls pensionnaires étaient Wendy et sa famille, les habitants de l'Auberge étaient au complet, même Noa les honorait de sa présence.

– Chers amis qui sont devenus la famille, commença Oscar, j'ai l'honneur de vous annoncer que Judy m'a dit oui. Nous vous invitons tous pour notre mariage l'an prochain.

Tout le monde applaudit, personne n'étant surpris, sauf peut-être la petite Wendy.

– Et j'aurais besoin de quelqu'un qui me donnerait la main jusqu'à l'arrivée de Judy, quelqu'un qui pourrait m'aider à braver des tempêtes. Wendy, tu voudrais bien être une demoiselle d'honneur pour ton vieil Oncle Oscar ?

– Oui !

Sous les rires et les applaudissements, la soirée fut l'une des plus joyeuses de l'histoire de l'Auberge de Noël. Il est dit que quelque part dans le ciel, à cet instant précis, une étoile brilla plus fort.

Remerciements

Ce projet, écrit par hasard au détour de wattpad m'aura apporté beaucoup de joie, de surprises et de jolies rencontres. Il m'est difficile de choisir par qui commencer tant ces trois personnes m'ont apportée :

Midine, ma grand-mère, qui m'a lu, relu et cherché les coquilles. Elle est là chaque jour pour moi et la remercier dans le premier livre que je sors à tant de sens.

Hélène, ma pompom girl, mon soutien infaillible pour ce projet, ses messages, ses nouvelles, ses retours, sa joie de le voir prendre forme. Elle est ma partenaire pour ce projet, trouvée au détour des réseaux. Comme quoi le virtuel parfois devient concret.

Kassandra, qui a lu cette histoire avec avidité et laissé des commentaires si adorables. Elle est, possiblement, celle qui l'attend le plus.

Je n'oublie pas, l'illustratrice de talent, Marion, qui a créé la couverture et toutes les petites décorations graphiques qui habillent cet ouvrage. Elle est mon amie et m'apporte tant de fierté. Je n'imagine pas une seule de mes histoires sans ses dessins !

Je tiens à remercier mes bêta-lecteurs pour leurs retours précipités, mais si précis et efficaces. Leurs conseils feront de moi, jour après jour, une meilleure autrice. Je pense à Laure, à Alcina et Abendrot2307.

Merci à vous et à tous ceux que j'aurais pu oublier.

Et enfin, merci à ma mère et mon père de m'avoir transmis l'amour de la magie de Noël. Sans eux, il est certain que j'aurais arrêté d'y croire.